El Caso

RIEGLER

EL CASO RIEGLER
© 2018, Ismael Iriarte Ramírez

© Diseño y maquetación: Editorial SoldeSol
Corrección: Jose Antonio Quílez Pradal
Imágenes de portada (de dominio público):
 *Porträt der Adele Bloch-Bauer I* (1907), Gustav Klimt.
Ⓒ *Votivkirche Maximilianplatz Wien* (1900), autor desconocido.

EditorialSoldeSol.com
Plaza Admón. Vieja 1, 1ª Izquierda. 04003, Almería

Imprime PodiPrint

Enero 2019
ISBN: 978-84-948903-4-5
Depósito Legal: AL 2677-2018

El Caso Riegler

Ismael Iriarte Ramírez

EDITORIAL SoldeSol

A mis padres...
A quienes debo todo lo que soy.
En recuerdo de mi querida tía Cielo,
cuyo legado me acompañará siempre.

CAPÍTULO 1

A Eva Calderón, dueña de la Galería de Arte Verde Oliva, no le gustaba delegar en sus empleados los asuntos que revestían cierta importancia, así que, como era costumbre, se había encargado ella misma del proceso de validación y tasación del lienzo que le había sido confiado varias semanas atrás.

Su impresión inicial sobre la pieza fue positiva, lo que terminó por confirmarse con el resto de las pruebas de rigor. La pintura había sido una de las obras originales de Ricardo Acevedo Bernal que permanecían en colecciones privadas. Aunque, contrariamente a lo que sus propietarios afirmaban, no había formado parte de la exposición de 1910 en Bogotá, con motivo del primer centenario de la independencia de Colombia, donde el autor recibió una Medalla de Honor que representó su consagración definitiva como uno de los mejores pintores del país.

Durante las últimas semanas había inspeccionado a conciencia cada rincón de la pintura en busca de algún detalle disonante dentro de la composición. Empeñada en esa labor, poseía la paciencia y sagacidad de un cazador. Si hubiera cualquier indicio de alteración, por insignificante que este fuera, ella sabría encontrarlo, solo era cuestión de tiempo. Pero no había nada fuera de lugar en aquella hermosa pieza. Había sido pintada en la última década del siglo XIX, pero se conservaba en un excelente estado y no solo era un original de Acevedo Bernal en toda regla, sino que también parecía ser una secuencia inédita de la obra más famosa del autor, *La niña de la columna*, lo que sin duda aumentaría su valor.

Eva había memorizado cada detalle de la escena plasmada en el lienzo y la reproducía en su cabeza una y otra vez. Pasó tardes enteras imaginándose lo que pasaba por la mente del autor y qué habría sido del niño y la niña que posaban alegres en las piernas de su padre. Parecían felices y seguros, disfrutando de una vida sin preocupaciones, como ella misma lo había hecho muchos años atrás en los pasillos de la galería ¿En qué clase de adultos se habrían convertido? ¿Habrían criado de esa forma amorosa a sus propios hijos? Luego pensaba en el hombre ¿Habría vivido lo suficiente para ver a sus nietos? ¿Y la madre? ¿Cuál había sido su papel en esa historia? Se había asegurado de disponer un atuendo impecable para cada miembro de la familia, para luego observar en silencio como posaban por horas, manteniéndose por su propia voluntad fuera del alcance del pintor, sumisa, casi invisible, como una buena esposa de la época.

No era la primera vez que Eva desarrollaba esa relación tan íntima con las obras que por diversos motivos le eran encargadas y tampoco le resultaba extraña la desagradable sensación de expoliación que experimentaba al llegar el momento de desprenderse de ellas para devolverlas a unos propietarios que por lo general —pensaba— no sabían apreciarlas.

A modo de terapia de duelo, se ocupó de informar del resultado de los estudios a sus clientes, una pareja de ancianos que habían conservado la pintura por décadas, recuerdo de un pasado glorioso, pero que ante la precaria situación económica por la que atravesaban decidieron quemar uno de sus últimos cartuchos. Los orgullosos propietarios escucharon con atención los pormenores de las pesquisas y después de una reunión que duró cerca de cuarenta minutos, abandonaron el lugar muy satisfechos con la noticia. El dinero que obtendrían por la venta de la pintura serviría para hacer frente a sus acreedores y, con un poco de suerte, también les permitiría vivir con holgura durante algún tiempo. Eva, por su parte, recibiría una jugosa comisión y la Galería Verde Oliva mantendría su prestigio y credibilidad.

Verde Oliva no era una de las galerías más lujosas de Bogotá, pero sí una de las más exitosas, en buena parte gracias a la devoción de su propietaria Eva Calderón, una joven artista y coleccionista bogotana de origen español que desde niña había vivido rodeada de pintores y escultores y que, tras la muerte de sus padres, en un accidente de tráfico, no dudó en continuar con el negocio familiar hasta llevarlo al lugar en el que entonces se encontraba, en ello había concentrado todos sus esfuerzos durante el último lustro.

Eva no solo había heredado de sus padres la pasión por todas las manifestaciones artísticas, sino también un increíble olfato para encontrar obras maestras en los lugares más insospechados e identificar falsificaciones por buenas que fueran. A esto se sumaba una habilidad natural para los negocios, que la había hecho merecedora de una considerable reputación dentro del mundillo del arte. Fresca y ambiciosa, se había convertido en imagen y alma de la galería, que acabó por parecerse a ella. Tenía treinta y cinco años, pero su delgada figura, sus finas facciones y su cabello llamativamente corto desde sus días como estudiante universitaria en Barcelona, le otorgaban la apariencia de una mujer aún más joven. Su vida social era bastante agitada. Se codeaba con los más distinguidos miembros de la sociedad colombiana, entre quienes sobresalía por sus amplios conocimientos, refinados modales, espléndida colección personal y, por supuesto, por su belleza.

CAPÍTULO 2

**DIARIO DE GABRIEL HEUMANN, VIENA,
16 DE NOVIEMBRE DE 1938**

Hace dos semanas respiré aliviado por primera vez en los últimos ocho meses, pues por fin recibí noticias de mi adorada hija Irene. Tras partir de Innsbruck y atravesar Liechtenstein y Suiza, logró llegar a Francia y se encuentra a salvo en Dijon, en compañía de mi hermana y mi cuñado. Victoria cree que ahí podrán mantenerse alejadas del peligro, yo aún conservo la esperanza de reunirme con ellas, aunque ahora empiezo a preguntarme si habré dejado pasar la última oportunidad de salir de aquí, como lo hizo la mayoría después del anuncio del *Anschluss*. No puedo culparme por eso, pues ni siquiera el más pesimista hubiera alcanzado a imaginar que las cosas llegarían a este punto; de cualquier forma, no me hubiera resultado fácil dejarlo todo y huir, muchas personas dependían de mí y estoy seguro de haber hecho lo correcto, sin embargo, ahora todo ha cambiado y creo que ha llegado el momento de renunciar.

En cuanto a los últimos acontecimientos, solo puedo decir que mis peores pesadillas parecen hacerse realidad, después de lo ocurrido el pasado miércoles, la vida no volverá a ser igual para ninguno de nosotros. Lo han llamado *La noche de los cristales rotos,* pero solo quienes hemos estado presentes sabemos que se trató del más brutal e injustificado atropello. Jamás podré olvidar los gritos y la angustia de la gente en las calles, tratando de controlar las llamas que consumían las sinagogas y las casas de oración, mientras los bomberos se limitaban a contemplar el deplorable espectáculo con los brazos cruzados. Cada noche vuelven a mi mente las imágenes de los que hasta hace algún tiempo habían sido nuestros compañeros de trabajo, clientes o amigos, saqueando y destruyendo nuestros hogares y tiendas, instigados e incluso apoyados por las cobardes fuerzas de la ley. Muchos fallecieron aquella noche, otros más fueron arrestados y se dice que pueden ser deportados. Creo que ha llegado el momento de cerrar los almacenes y salvar lo poco que queda, sé que Margaret hubiera tenido la respuesta correcta, cuánto la extraño, aunque ahora me tranquiliza saber que no tuvo que pasar por todo esto.

Sin embargo, no todo está perdido, Joseph me ha dicho que conoce a alguien en Salzburgo que puede ayudarnos, se trata de un joven banquero, es austriaco, pero no está de acuerdo con los nazis, se dice que ha ayudado a muchos judíos y que ellos le han confiado sus bienes hasta que este infierno termine. Creo que podré reunirme con él en las próximas semanas, así intentaremos salvar parte de las propiedades y algo de dinero, con el que podremos volver a empezar cuando sea seguro regresar. Solo espero que ese hombre pueda ayudarme a llegar a Francia, esa es la única esperanza que me queda, no quiero pensar en lo que sucederá si no lo consigo.

Hemos tratado de permanecer unidos para poder resistir, pero estoy muy preocupado por Saul, creo que todo esto ha sido demasiado para él, no sé cuánto tiempo más pueda resistir así, su situación ha empeorado desde hace dos días, cuando han vuelto por primera vez desde la *Kristallnacht,* con sus impecables uniformes grises y sus botas relucientes y, después de insultarlo y golpearlo, lo han obligado durante horas a limpiar la calle con un pequeño cepillo, ante la mirada de decenas de personas que pasaban por el lugar. Ayer ha intentado una vez más quitarse la vida y temo que esta vez no logre sobrevivir [...].

★★★

—Desea ordenar algo más, señorita —dijo tímidamente el camarero de Teany, una pequeña cafetería en la esquina de la Calle 42 y la Quinta avenida, en el corazón de Nueva York, dirigiéndose a una joven que durante casi media hora había estado leyendo un libro amarillento con cubierta de cuero y que había terminado ya su segunda taza de café.

—Todavía no, gracias, estoy esperando a alguien —respondió Emma Brunt, quien había perdido ya la cuenta de las veces que había leído esas páginas, tratando de acercarse a su historia familiar y con la esperanza de encontrar alguna información oculta que le ayudara a establecer el paradero de aquel banquero de Salzburgo. Después de unos minutos guardó el diario de su abuelo en un maletín de piel y, tras dirigir una mirada a su reloj, encendió un cigarrillo y se dispuso a aguardar la llegada de Simon Henshaw.

Era una mujer llamativa, alta y delgada, tenía unos pequeños pero expresivos ojos oscuros que resaltaban en su pálido rostro, en el que predominaba una expresión de cansancio. Llevaba el pelo negro por encima de los hombros, vestía con rigurosa formalidad, con una falda gris oscuro, que llegaba hasta debajo de las rodillas, una chaqueta del mismo color y una blusa blanca que dejaba ver una delgada cadena de oro con un dije en forma de E, que acariciaba con su mano izquierda, cada vez con mayor frecuencia, señal inequívoca de que empezaba a impacientarse. Su puntualidad, casi obsesiva, la ponía a menudo en situaciones similares; no obstante, seguía manteniendo aquel hábito adoptado a muy temprana edad, era una cuestión de ética personal y profesional «Ellos pueden darse el lujo de llegar siempre tarde, pero nosotros no vamos a andar por la vida perdiendo el tiempo y haciéndoselo perder a los demás», aún podía recordar a su madre pronunciando esas palabras.

Henshaw, por su parte, como ella misma había comprobado hasta la saciedad, pertenecía al grupo de los que se daban el lujo de hacerle perder el tiempo a los demás. Pero seguía siendo una figura respetada, era un veterano investigador canadiense de origen israelí, que de forma permanente colaboraba con los servicios de inteligencia de Israel en América y con el que resultaba casi imposible encontrarse en una pequeña cafetería de Nueva York en una mañana de verano cualquiera. Ese era un privilegio que solo tenían unos pocos, entre los que se encontraba Ema Brunt, con quien había trabado amistad desde hacía algunos años.

—Espero que no hayas tenido que esperarme demasiado —dijo sin mayores formalidades Simon Henshaw a su llegada, mientras acomodaba con algunas dificultades su pesada figura en una de las sillas de la cafetería.

—En absoluto, Simon, he llegado un poco antes y quise aprovechar el tiempo revisando de nuevo el archivo del caso.

—Creo que me estoy volviendo viejo para esto, ya no soporto este maldito calor, tal vez sea el momento de retirarme y comprar una casa en las montañas. —Mientras pronunciaba estas palabras, Henshaw aflojaba el nudo de su corbata y desabrochaba el primer botón de la camisa, en una operación que parecía representar un esfuerzo enorme para el robusto hombre.

—No serías capaz de llevar una vida tranquila en las montañas, Simon. Sé que pronto regresarías para hacerte cargo de tus asuntos, además estás demasiado acostumbrado a las comodidades de la ciudad.

—Tal vez tengas razón.

—La tengo —dijo Emma, con una sonrisa.

—Escuché que volverás a dictar tus conferencias en el museo.

—Así es, he empezado hace una semana —respondió Emma con un gesto de impaciencia.

—Entiendo que no dispones de mucho tiempo, así que iré directo al grano —soltó Henshaw mientras ordenaba un té helado al camarero que se había acercado de nuevo a la mesa.

—¿Has encontrado algo?

Henshaw negó con la cabeza.

—Lo siento, hice exactamente lo que me pediste, pero el rastro siempre se desvanece en Italia, acudí a todos mis contactos, pero no fue posible encontrar más datos que los que ya se conocen. Entiendo que esto es muy importante para ti, pero creo que la única forma de avanzar en este caso es con la ayuda del centro, ellos tienen contactos en el Vaticano y tal vez puedan obtener información sobre los refugiados que fueron ayudados a escapar de Europa después de la Guerra.

—Eso jamás sucederá, aunque lograra convencer a los directivos del Centro para que reabrieran el caso, ni siquiera ellos lograrían tener acceso a la información clasificada del Vaticano.

—Aunque se empeñen en negarlo, el centro y el Vaticano han mejorado sus relaciones en los últimos años, así que por improbable que parezca, esa podría ser tu única opción.

—Una no muy alentadora, por cierto.

—Lamento no poder darte muchas esperanzas, Emma, pero es mi obligación decirte la verdad.

—Ni lo menciones, Simon, sé que has hecho tu mejor esfuerzo —dijo tratando de disimular su decepción.

—Escucha, Emma, eres una mujer joven y brillante, tienes un gran talento y sé que podrías emplearlo para ayudar a muchas personas. Sin duda tendrías éxito en cualquier cosa que te propusieras, pero tal vez sea tiempo de seguir adelante, de pensar en vivir una vida propia y no la de tu madre o tu abuelo. No te pido que abandones tu búsqueda, solo que tomes un poco de distancia antes de que todo este asunto te consuma. Inténtalo o al menos tómate un tiempo para pensarlo. Si hay algo que pueda hacer por ti, sabes que puedes contar conmigo.

—De acuerdo, lo pensaré, agradezco tu preocupación, pero los dos sabemos cuál será el resultado.

Permanecieron en la cafetería diez minutos más, luego Emma se marchó rumbo al Museo de la Tolerancia de Nueva York, donde dictaría su conferencia. La reunión con Henshaw no la había dejado de buen humor, así que, a pesar de los treinta y dos grados de temperatura, decidió dirigirse a su destino caminando, en un recorrido de nueve calles que duró un poco más de un cuarto de hora.

CAPÍTULO 3

Cuando los agentes de policía Fuentes y Cabral llamaron a la puerta eran casi las siete de la mañana. Adolfo Manrique, que conocía mejor que nadie el funcionamiento de la casa, fue el encargado de recibirlos y dar las primeras declaraciones sobre lo ocurrido antes de hacerlos pasar a un amplio e iluminado salón, cuya decoración antigua y sobria estaba conformada por muebles de diferentes periodos. Cinco minutos después, proveniente de un largo pasillo, apareció la imponente figura de Martin Scheimer; era alto y fornido, su piel era blanca y su pelo tenía un uniforme tono gris, iba vestido de forma impecable con un traje azul oscuro, debía estar cerca de los ochenta años, pero sus movimientos demasiado ágiles eran los de un hombre de mediana edad.

—Lamento la demora, oficiales, pero como comprenderán he tenido una mañana agitada. Me siento en la obligación de informarles que este es un asunto de menor importancia para las autoridades —dijo el hombre con refinados modales y en un correcto español, mientras tomaba asiento y los policías, que se habían puesto de pie, hacían lo propio.

—Lo entendemos, señor Scheimer, lamentamos que haya tenido que pasar por esta situación, trataremos de ser breves, si no tiene ningún inconveniente le haré algunas preguntas mientras mi compañero revisa la casa —dijo el patrullero Cabral, que era el más experimentado de los dos policías.

—Estoy dispuesto a colaborar en lo que sea necesario. —Mientras pronunciaba estas palabras, Scheimer hizo una señal con la mano para ordenar a su hombre de confianza que acompañara al otro agente en su recorrido.

—¿Quién se dio cuenta del robo?

—La encargada de la limpieza

—¿A qué hora?

—Antes de las seis de la mañana, está establecido que así sea, pues tengo la costumbre de empezar a trabajar muy temprano.

—¿Ha identificado los objetos desaparecidos?

—Así es, solo se han llevado una de las pinturas de mi colección personal, aunque me temo que han ocasionado algunos destrozos.

—¿Podría proporcionarme algunos datos sobre la pintura?

—Es un Max Pechstein original, ha estado en mi poder por más de cuarenta años.

—¿Por qué alguien se tomaría tantas molestias y no se llevaría otros objetos de valor?

—Tal vez decidieron huir antes de ser descubiertos.

—¿Podría alguien tener algún interés especial en la obra?

—No se me ocurre nadie.

—¿Es una pieza muy valiosa?

—Ciertamente.

—¿Estaba asegurada?

—Sí.

—¿Confía en sus empleados?

—Desde luego, la mayoría de ellos ha servido en esta casa por muchos años y han demostrado ser dignos de confianza.

—De acuerdo, eso será suficiente por ahora —repuso el agente Cabral levantándose del asiento, dando por concluido el interrogatorio de rutina.

Cuando el patrullero Fuentes terminó su recorrido por la casa, ambos uniformados se despidieron y se comprometieron a hacer todo lo posible para recuperar el cuadro y a notificar a Scheimer cualquier novedad sobre el caso, a pesar de que sabían que aquella era una promesa de rutina y que las pesquisas difícilmente tendrían un resultado positivo. Sin embargo, desde que habían sido asignados a ese sector de la ciudad habían aprendido cómo tratar a los distinguidos miembros de la sociedad con los que se encontraban durante el cumplimiento de su deber, y aunque consideraban que la mayoría de los asuntos que investigaban a diario eran una pérdida de tiempo, agradecían estar alejados del peligro que representaban los recorridos por las zonas marginales.

—Oficiales, han sido muy amables al atender la llamada de mis empleados, pero creo que no será necesaria una investigación, sé que su tiempo es muy valioso y espero no haberles causado molestias. Si no tienen inconveniente, preferiría que todo esto se manejara con mucha discreción, no quiero que la prensa haga un escándalo de este incidente, notificaré a la compañía aseguradora y ellos se harán cargo del asunto y si es necesario se pondrán en contacto con ustedes.

—Lo entendemos señor, no tenga cuidado —dijo el patrullero Cabral mientras apretaba la mano del anfitrión, reiterando el compromiso de servicio del cuerpo policial y luego se marchaba junto a su compañero.

Manrique condujo a los dos hombres a la salida repitiendo las palabras de agradecimiento por su presencia y las disculpas por lo que en apariencia había sido una pérdida de tiempo. A su regreso se reunió de nuevo con su jefe, que lo esperaba impaciente para darle las instrucciones sobre el procedimiento que deberían seguir frente al asunto. Scheimer estaba sentado detrás de un enorme escritorio en su estudio personal, que daba la impresión de ser amplio y espacioso, a pesar de la abundante decoración que comprendía, además de una serie de antigüedades, varias pinturas originales de poco valor y muebles de madera tallada repletos de libros. A diferencia del resto de la casa, esta habitación estaba casi a oscuras, iluminada de forma precaria por una lámpara de tubos amarillos.

—Lo lamento, señor, los empleados se pusieron nerviosos con el incidente y creyeron que lo mejor sería llamar a la policía, están muy apenados por su indiscreción, ya he tomado las medidas necesarias y le aseguro que no volverá a suceder algo así —dijo Manrique sentado frente al escritorio.

—Espero que así sea, por ahora lo más importante es manejar esto con la mayor reserva, asegúrate de que la policía archive el caso y de que no se publique nada en los medios de comunicación.

—Entendido, señor ¿Cuándo debo ponerme en contacto con la compañía aseguradora?

—No hay prisa, puedes hacerlo mañana, pero adviérteles de que no quiero escándalos, inventa cualquier excusa.

—No se preocupe, señor, así se hará. Y en cuanto a la otra pieza desaparecida ¿Cómo debemos proceder?

—Quiero que investigues a cada empleado de la casa y averigua lo que puedas en las calles, yo me encargaré del resto, nadie debe enterarse de la existencia del otro cuadro, tampoco de su desaparición.

Cuando Scheimer se encontró a solas, pareció perder el aplomo que había mantenido durante toda la mañana, se dirigió con prisa a una pequeña sala adaptada como galería, a la que se accedía desde el estudio por una angosta puerta; una vez allí abrió una caja de seguridad de la que extrajo unos folios que, después de revisar durante algunos minutos, encendió con cuidado uno por uno, antes de arrojarlos a la cesta de la basura y asegurarse de que ardieran en su totalidad.

CAPÍTULO 4

La jornada había comenzado más agitada que de costumbre en la tienda de libros antiguos de la Rua Oito de Setembro, sin embargo, poco a poco fue retornando la calma habitual hasta que, pasadas las dos de la tarde, el lugar quedó desolado. Aquello era justo lo que había estado esperando Stefano Padovano, propietario del local, para concentrarse en la revisión de su más reciente adquisición, un ejemplar antiguo de *Fort comme la mort* de Guy de Maupassant.

Con la meticulosa precisión de un cirujano, depositó el libro sobre su escritorio y tras ajustarse los guantes de látex, abrió la gruesa pasta verde y a continuación empezó a pasar lentamente las páginas, hasta llegar al anhelado primer capítulo:

Le jour tombait dans le vaste atelier par la baie ouverte du plafond. C'était un grand carré de lumière éclatante et bleue, un trou clair sur un infini lointain d'azur, où passaient, rapides, des vols d'oiseaux.

Padovano leyó estas primeras palabras haciendo exageradas pausas, saboreando cada palabra como si se tratara de un raro manjar y repitiendo la operación con los siguientes párrafos.

Así permaneció durante horas, sin apenas cambiar de posición hasta que, de repente, pareció sentir el cansancio de la jornada. Entonces, con los mismos cuidados con los que había manipulado el libro, lo devolvió a una vitrina junto a los objetos más preciados de su colección, a la que solo él tenía acceso. Aquella edición de *Fort comme la mort,* novela escrita febrilmente por Guy De Maupassant en 1889, no volvería a ver la luz y jamás estaría a disposición de sus clientes, que tendrían que conformarse con reimpresiones antiguas de autores como Alejandro Herculano, Almeida Garrett o Euclides da Cunha, que, aunque poco comunes y bien conservadas, no podían equipararse a las piezas que durante años había atesorado.

Después de enviar a casa a su joven ayudante, decidió cerrar el local casi una hora antes de lo habitual. Pasaban quince minutos de las siete de la noche cuando se dirigió caminando a su apartamento, en un recorrido de veinte minutos por un apacible barrio residencial. Se detuvo en un pequeño supermercado para comprar frutas y verduras frescas, vino y, tras sopesarlo durante un instante, una cajetilla de cigarrillos de la que extrajo un pitillo al que dio unas cuantas caladas durante el resto del trayecto y luego apagó antes de entrar al edificio Sao Jorge, donde esperó el ascensor que lo llevaría hasta el último piso.

Padovano, conocido como el Librero, era un hombre de 41 años, que sin problemas podía pasar inadvertido, tenía la piel morena y sus ojos verdes permanecían ocultos detrás de unos anteojos redondos, llevaba su abundante pelo negro siempre peinado hacia atrás, era de estatura mediana, aunque fornido, vestía de manera discreta y formal, siempre de acuerdo con la estación, no cabía duda de que su apariencia encajaba a la perfección con su trabajo en la librería. Vivía con ciertas comodidades, aunque sin ostentaciones, permitiéndose en ocasiones gastar elevadas sumas de dinero en la adquisición de algún volumen que así lo mereciera.

Cuando entró en su apartamento caminó a tientas por la sala y el pasillo principal, que estaban a oscuras, hasta llegar a la puerta de su habitación desde donde, gracias a la única luz encendida en todo el lugar, pudo ver la sugestiva y bronceada figura de Sonia, una hermosa brasileña de 28 años con la que vivía desde hacía tres años, poco después de establecerse definitivamente en Río de Janeiro.

—¡Qué bueno que llegas temprano! Así podrás preparar la cena —dijo la joven entre sonrisas, rodeándolo con sus brazos.

Padovano sonrió, pero no dijo nada, solo se limitó a besarla, luego se dirigió a la cocina, donde acomodó las bolsas de papel sobre la encimera de mármol.

—¿Has estado fumando? —Le recriminó ella.

—Ha sido solo un cigarro.

—Prometiste que lo dejarías.

—Lo haré.

Sonia reprimió un reproche y permaneció callada hasta la cena.

—¿Está todo bien? ¿Por qué has cerrado tan temprano? ¿Has tenido algún problema en la librería? —Preguntó Sonia, rompiendo el silencio que reinaba en la mesa.

—No hay ningún problema, fue solo un día demasiado tranquilo —respondió él, casi sin apartar la mirada de su plato— lo normal para un lunes, no tenía sentido permanecer en la librería más tiempo ¿No lo crees?

Sonia asintió con un breve movimiento de cabeza.

—¿Qué tal marchó tu día? ¿Cómo estuvo la audición?

—Como siempre, había más de veinte chicas buscando el papel, no creo que me llamen, ya empiezo a cansarme de esto, lo mejor sería dejar de intentarlo —respondió con amargura.

—Te darán el papel, lo sé. Y si no lo hacen es que no tienen idea de cómo dirigir una obra de teatro y en ese caso es mejor que no te llamen, así no perderás el tiempo en un proyecto que no está a tu altura.

—Yo no estaría tan segura, había chicas más jóvenes y más bonitas que yo.

—Pero de qué estás hablando, en este país no existe una mujer más hermosa que tú —concluyó con una sonrisa que fue correspondida por Sonia, que pareció recuperar el buen humor.

CAPÍTULO 5

En los últimos años la Galería Verde Oliva se había convertido en un destino turístico casi obligado para los visitantes del histórico barrio de la Candelaria en el centro de Bogotá, estaba ubicada en una pintoresca casa de dos pisos construida durante el periodo colonial. Su fachada, admirablemente conservada, era de un intenso color aceituna, contaba con tres grandes ventanas con sus respectivos balcones en la parte superior, dos puertas laterales que permanecían cerradas y en el centro un pórtico de rústica madera, que permitía el acceso a un estrecho pasillo que a su vez conducía a un patio con una pequeña fuente y modestos jardines alrededor de la entrada a los diferentes salones, que solo hasta pasadas las siete de la noche empezaban a desocuparse.

Aquella tarde, después de atender al último de los clientes que estaba interesado en adquirir uno de sus cuadros, Eva se dispuso a cerrar. Cuando todos los empleados se marcharon fue al encuentro de un hombre que la esperaba afuera de su oficina hacía más de una hora. Se trataba de Antonio Badrán, con quien había hecho negocios en varias ocasiones, él le había proporcionado algunas de las piezas más preciadas de su colección y ella, por su parte, le había ayudado con algunos trabajos de restauración y validación. Badrán tenía unos cuarenta años, llevaba unos *blue jeans* desteñidos, un suéter negro y una chaqueta de cuero del mismo color. Estaba sentado en un sofá de piel y con su mano derecha apretaba contra su cuerpo un estuche cilíndrico de poco menos de un metro de largo.

—¡Antonio, viejo amigo! ¿Cuánto tiempo ha pasado desde la última vez que te vi? —Dijo mientras extendía su mano con ensayada cortesía.

—Mucho tiempo lo sé, más del que debería —contestó él con una sonrisa, tras levantarse del sofá en el que había estado esperando y tomar su mano con gentileza, correspondiendo el gesto de su anfitriona.

—Lamento haberte hecho esperar, pero este lugar puede llegar a ser una auténtica locura.

—Veo que el negocio del arte va muy bien.

—Tengo una buena racha, no me puedo quejar, pero no te dejes llevar por las apariencias ¿Cómo te ha ido a ti?

—Ya sabes cómo funcionan las cosas, a veces mal, a veces mejor, trabajo duro para vivir bien.

—Como todos, pero supongo que no has venido hasta aquí solo a saludarme ¿Me dirás a qué se debe este inesperado placer? —Soltó dirigiendo su mirada hacia el estuche que ahora colgaba del hombro derecho de Badrán.

—Tienes razón, como siempre estoy aquí por negocios, tengo algo que puede interesarte ¿Podríamos hablar en otro lugar?

—De acuerdo, sígueme —concedió tras vacilar unos segundos, luego lo condujo a través de su oficina hacia una habitación que había sido acondicionada como su taller personal.

El lugar, que estaba iluminado por un par de tubos incandescentes de color blanco, presentaba el desorden apenas esperado en el escenario de creación de un artista, había varias mesas y caballetes con bosquejos y algunas telas extendidas, repartido en varios estantes estaba todo su equipo junto a una infinidad de frascos con soluciones y pintura.

—Vas a enseñarme lo que has traído o te quedarás ahí parado toda la noche —dijo con la rudeza que la caracterizaba, mientras desocupaba una de las mesas y la cubría con una gruesa tela.

Eva encendió un cigarrillo, cuyo aroma se mezcló con el de los químicos y la pintura fresca, al tiempo que Badrán abría la funda y extraía ceremonialmente su contenido.

—¿Qué te parece? ¿No es una belleza? —dijo señalando con orgullo el lienzo que había extendido sobre la mesa. Era un emotivo y colorido paisaje del territorio inexplorado de las Islas Palau, en el que predominaban los tonos amarillos, verdes y azules, así como las sombras.

—Así que un Max Pechstein, veo que te estás superando Antonio, espero que no te hayas metido en un lío —dijo con una mueca, después de soltar una bocanada de humo.

—Soy muy cuidadoso, eso es algo que cualquiera de mis clientes puede corroborar, incluso tú misma has comprobado que mi mercancía es buena.

Ella siempre había sabido que el origen de las pinturas que Badrán solía ofrecerle era tan dudoso como su reputación, pero nunca lo había interrogado al respecto; a cambio, él le garantizaba que no tendría problema alguno con sus adquisiciones y así había sido durante años.

—¿Cuánto quieres por él?

—Por tratarse de una vieja amiga te costará solo 20 millones, sabes que podría valer una fortuna.

Si bien era cierto que esa era una cifra inferior al valor que podría alcanzar la obra, también lo era que eso sería lo máximo que podría obtener por ella, pues no sería fácil venderlo, Colombia no era una buena plaza para el mercado negro del arte y sacarlo del país le resultaría una misión casi imposible.

—Sabes que no tengo tanto dinero.

—Y tú sabes que tu crédito conmigo es bueno.

—No creo que sea un buen momento.

—Entiendo —dijo mientras guardaba el lienzo y extendía otro sobre la mesa —ahora quiero que observes esto con mucho cuidado.

Al ver la segunda pintura los enormes ojos cafés de Eva parecieron encenderse, iluminando la blanca piel de su cara. El estado de la tela no era el mejor, pero la imagen había producido una extraña fascinación en ella. Se trataba de una mujer aria de delgados labios rojos, pelo castaño oscuro sobre los hombros y un tocado de flores en la cabeza. Tenía un vestido de fiesta *beige* con lentejuelas y medias del mismo color, fumaba un cigarrillo con boquilla junto a un gramófono, todo esto con una pared púrpura de fondo y pétalos de rosa en el piso blanco.

—Sabía que te gustaría —dijo Badrán al ver su expresión —creo que podría ser un auténtico Klimt.

—Podría, pero hay algo en los tonos y en la cara que me hace dudar, no corresponden del todo a su estilo, además la parte inferior está en mal estado, sería prácticamente imposible validarlo —respondió ella tratando de evitar que su evidente emoción le dificultara obtener un buen precio.

—Tal vez para un principiante, pero si hay alguien en este país que conoce a las personas indicadas para hacerlo, eres tú.

—No lo sé, bien podría ser una buena réplica o la obra maestra de un desconocido.

—Por favor, Eva, los dos sabemos que se trata de una joya.

—¿Cuál es el precio?

—Para ti doce millones.

—Te diré algo, solo porque eres un viejo amigo y quiero ayudarte te daré seis millones ahora y cuatro dentro de un mes —soltó ella, consciente de que aquel valor era una verdadera oferta.

—Está bien, trato hecho, eres un hueso duro de roer, no sé por qué sigo perdiendo el tiempo contigo —dijo con resignación.

—Porque sabes que soy tu mejor cliente —concluyó con una sonrisa de satisfacción por haber adquirido la pintura.

Después de ultimar los detalles de la transacción hablaron durante algunos minutos y finalmente Badrán se despidió, mientras Eva permaneció en el taller observando el lienzo durante más de una hora, tratando descifrar qué era lo que le resultaba tan llamativo en él, hizo algunas anotaciones en una libreta y antes de depositarlo en un lugar seguro, le tomó varias fotografías.

CAPÍTULO 6

La intuición de Sonia acerca de los resultados de la audición había sido acertada y el papel de Lucília en el montaje clásico *A moratória,* de Jorge Andrade, había sido asignado a una de las jóvenes y bonitas actrices que le había robado la atención del director durante la audición.

Cuando el Librero llegó a casa no fue necesario que Sonia dijera nada para que él supiera que no había obtenido el papel, por lo que decidió no hacer ningún comentario al respecto y se limitó a besarla en la mejilla y a sentarse junto a ella, que estaba tendida en la cama, mirando sin mucho interés un programa de variedades que había sintonizado en el televisor para no sentirse sola.

Ella lo saludó conteniendo las lágrimas y él la abrazó mientras comentaba algo acerca del reportaje sobre los lugares de moda que mostraban ahora en la televisión. Pronto la habitación volvió a quedar en silencio hasta que el timbre del teléfono retumbó desde el estudio. Al confirmar que se trataba de su línea privada, Stefano se dispuso a atender la llamada mientras Sonia suspiraba molesta por la interrupción.

—¿Diga?

—¿Stefano el Librero? —dijo en italiano un hombre mayor después de vacilar durante algunos segundos.

—¿Quién lo pregunta?

—Soy amigo de un antiguo cliente suyo, Gino Lambraia, él me aseguró que usted es la persona adecuada para ayudarme a resolver mi problema.

—Eso depende

—¿De qué depende?

—De cuál sea su problema.

—Algo que me pertenece ha sido robado y necesito recuperarlo antes de que se convierta en un inconveniente mayor.

—¿Le informó el señor Lambraia sobre mis honorarios?

—El dinero no es problema, tampoco los métodos que deba emplear, ponga usted el precio, yo estoy dispuesto a proporcionarle todo lo que necesite, siempre y cuando esté usted capacitado para resolver este caso.

—Puede estar seguro de eso.

—¿Entonces le interesa el trabajo?

—Sí.

—¿Cuándo puede reunirse conmigo en Bogotá?

—Mañana mismo si lo desea.

—A primera hora podrá reclamar su billete en el aeropuerto, a su llegada enviaré a alguien por usted, aquí podré explicarle bien de qué se trata todo el asunto. Ha sido un placer hablar con usted.

—Igualmente, señor...

—...Scheimer.

—De acuerdo... —Dijo por último Padovano antes de colgar y comprobar que Sonia lo observaba desde afuera del estudio.

Los dos regresaron a la habitación y se sentaron de nuevo frente al televisor sin decir nada, hasta la hora de ir a la cama.

—¿Cuándo te irás? —Preguntó ella incorporándose en la enorme cama.

—Mañana mismo.

—¿Será peligroso?

—No lo creo.

—¿Cuánto tiempo tomará?

—No lo sé.

—¿Estarás bien?

—Claro que sí, sabes que siempre lo consigo, seguro que ni siquiera sabrán que estuve allí.

—¿Tratarás de volver pronto?

—Cuenta con eso y, cuando regrese, habrás conseguido un buen papel —respondió levantándose para apagar las luces.

—¿Pensarás en mí?

—Siempre lo hago, todo estará bien, ya lo verás —dijo mientras se dirigía a la cama y la tendía con delicadeza sobre las sábanas blancas.

Pronto sus cuerpos dorados se fundieron en uno solo e hicieron el amor con una pasión que solía preceder a aquellas indeseadas despedidas que, aunque se habían hecho menos frecuentes, parecían ser cada vez más difíciles para ella. Luego, sin pronunciar una palabra, permanecieron abrazados hasta el amanecer.

CAPÍTULO 7

La presencia de Ángel Serrano en la Galería Verde Oliva resultaba más que habitual para sus empleados, por lo que después de un breve saludo con la mano, se encontró sin más preámbulos caminando, con ayuda de su bastón, por los pasillos que durante los últimos treinta años había frecuentado casi a diario. Había sido amigo de su fundador Sergio Calderón y conservaba un especial aprecio por su hija Eva, quien después de decidir continuar con el negocio, lo había convertido en su principal asesor. Tenía un gran respeto hacia él y con frecuencia consultaba su opinión sobre diversos asuntos, incluso en varias ocasiones había comentado en público que Serrano era el mayor conocedor de arte en el país.

Después de un corto vistazo por el lugar encontró a Eva supervisando un trabajo recientemente solicitado. Ella, después de comprobar que la tarea avanzaba según lo esperado y de dejar encargada del local a su asistente, aseguró a Serrano que podrían hablar con mayor tranquilidad durante un paseo por los estrechos y empedrados callejones del centro histórico. La mañana era soleada, lo que hizo mucho más agradable el recorrido por la Carrera Quinta, pasando por el Camarín del Carmen y la Casa Rafael Pombo, hasta llegar a la Calle Once, en la que en medio de estudiantes y turistas entraron al Café de la Abadía, junto a la Casa de la Moneda, desde donde se podía ver la amarilla y bien conservada fachada de la Iglesia de la Candelaria.

—Te recomiendo el pastel de piña de este lugar, te aseguro que no te arrepentirás —dijo ella mientras se alejaba el empleado de la cafetería, que había dejado en la mesa una bandeja de plata con crema y dos tazas de café.

—Eva, te conozco tan bien como a mis propios hijos y sé que algo te sucede, así que dime qué es lo que te traes entre manos, porque estás empezando a preocuparme —susurró el anciano con una sonrisa nerviosa mientras pasaba los dedos por el borde de su taza.

—Vamos, Ángel, no tienes por qué alarmarte, es solo que algunos asuntos es mejor tratarlos con cierta cautela, no es la primera vez que acudo a ti para consultarte algo relacionado con la galería y tampoco es extraño que nos reunamos en este lugar.

—¿Vas a decirme de qué se trata todo este misterio de una buena vez? —Insistió Serrano frunciendo el ceño, después de asegurarse de que nadie más en la cafetería pudiera escucharlo.

—Te digo que no se trata de un misterio, solo quiero que revises esto y me des tu opinión —dijo Eva mientras sacaba de su chaqueta un sobre de papel con algunas fotos y se lo entregaba a su amigo.

Serrano buscó unos anteojos en el bolsillo de su camisa, abrió el sobre y escrutó su contenido, eran fragmentos indescifrables de la pintura que Antonio Badrán le había vendido a Eva. El anciano revisó con detenimiento cada foto, las volvió a guardar en el sobre y se lo devolvió a Eva sin decir una palabra.

—Y bien ¿Qué te parece?

—Eva, siempre estoy dispuesto a ayudarte, pero no podré hacerlo si no confías en mí, sabes que es imposible sacar alguna conclusión sin estudiar la pintura, si por lo menos pudiera ver una fotografía con la imagen completa.

—Yo también te conozco muy bien viejo amigo, sabía que dirías eso, aunque esperaba poder convencerte de lo contrario —dijo Eva después de dudar un poco y al tiempo que sacaba del mismo bolsillo la fotografía con la imagen de la mujer y la dejaba con cuidado sobre la mesa. Serrano realizó el mismo ritual con la nueva imagen.

—¿Ahora sí me dirás lo que opinas? ¿Crees que podría llegar a ser un auténtico Klimt?

—Los colores son similares a los de algunas de las obras de Gustav Klimt durante los años previos a su muerte, los rasgos y la actitud de la mujer de la imagen son también parecidos a los de las modelos de las que acostumbraba rodearse. A juzgar por el estado en el que se encuentra bien podría corresponder también a su último periodo creativo, sin embargo, resultaría imposible emitir un juicio ¿Crees que pueda tener acceso a la pintura?

—No pensarás que la tengo en mi poder, alguien se ha acercado a mí ofreciéndome el cuadro, simplemente llamó mi atención y quise hacer unas cuantas averiguaciones. Sé que no podré comprobar su autenticidad a través de una foto, pero esperaba establecer si la imagen correspondía a alguna de las obras menos conocidas de Klimt, además sabes que tu opinión siempre ha sido valiosa para mí y que no compraría algo así sin consultarlo contigo primero.

—¿En realidad quieres saber lo que pienso? Pues mi opinión es que todo esto resulta bastante sospechoso, debes tener mucho cuidado, no quiero que vayas a meterte en problemas.

—No tienes nada de qué preocuparte, solo soy una coleccionista tratando de no dejar pasar la oportunidad de adquirir una pieza invaluable y tú eres el único que puede ayudarme a obtener alguna información sobre ella.

—Lo único que puedo decirte por ahora es que no debes hacerte demasiadas ilusiones con ese negocio, tienes que pensar en que no hay muchas posibilidades de que resulte ser auténtico, después de todo ¿Cómo iba a llegar a Bogotá una obra inédita de Klimt?

—Soy consciente de ello, Ángel, por eso busco la asesoría del mejor —dijo con una sonrisa, tratando de tranquilizarlo.

—¿Cuánto dinero te han pedido?

—Como te dije antes, no hay nada concreto en este asunto, la persona que me lo ofreció mencionó algo acerca de diez millones, pero no hemos hablado del precio, ni siquiera le he dicho que estoy interesada.

—Lo más probable es que se trate de una falsificación, si fuera lo que aseguran que es, no lo venderían por ese precio, nadie lo haría, a menos de que fuera robado y no tuviera otra alternativa que reducir el precio para deshacerse de él.

—Eso también lo sé, no tienes que hablarme como si fuera una niña, he estado en este negocio toda mi vida.

—Te diré lo que haremos, te conozco muy bien y sé que seguirás interesada, así que te prometo que averiguaré todo lo que pueda al respecto, hay un par de personas que pueden ayudarme, esto tal vez pueda tomar algún tiempo, así que tendrás que ser paciente.

—Sabía que podía contar contigo.

—Solo te pido que hagas algo por mí.

—¿De qué se trata?

—No hagas ningún movimiento hasta que obtengamos una respuesta de mis amigos, no quiero entrometerme en tus asuntos, está claro que sabes muy bien cómo llevar tu negocio, solo te pido que esperes un poco y después, cuando tengas la información, podrás tomar la decisión que consideres conveniente.

—Te lo prometo —respondió ella sin dudarlo, lamentaba tener que mentirle, pero estaba segura de que era lo mejor.

Estuvieron en la cafetería durante algunos minutos más, finalmente se despidieron y cada uno siguió su camino, ella, que estaba decidida a seguir indagando sobre la pintura, se dirigió al enorme edificio de la biblioteca que se encontraba en la calle del frente, allí permaneció durante varias horas, revisando toda la literatura existente acerca de Gustav Klimt, su estilo y su obras, en especial sobre aquellas que quedaron inconclusas, o que fueron destruidas y las que estaban en manos de particulares y que desaparecieron durante la Segunda Guerra Mundial.

Eran casi las cinco de la tarde cuando regresó a la galería, donde la esperaba un cliente interesado en una réplica de *La Mona Lisa a los 12 años* de Fernando Botero. Luego de atender ese asunto se dirigió a su estudio y se dedicó a leer mecánicamente el periódico, solo la noticia del robo de una pieza de arte en la casa del reconocido empresario austriaco Martin Scheimer, en la madrugada del mismo día en el que Antonio Badrán le vendió el lienzo, pudo captar su atención, el contenido del artículo confirmó sus sospechas acerca de la dudosa procedencia de su reciente adquisición.

Segundos después extrajo de su caja de seguridad la pintura y durante algunos minutos se dedicó una vez más a contemplarla, convencida de que había algo muy especial en ella.

CAPÍTULO 8

Adolfo Manrique llegó al Aeropuerto El Dorado pasados diez minutos de las seis de la tarde, más de media hora antes de lo previsto, era un hombre de cincuenta años, robusto y de estatura mediana, vestía pantalón y americana azul oscuro, con camisa gris y una corbata con motivos rojos tan llamativa como su espeso bigote.

Siempre se esforzaba por hacer su trabajo de la mejor manera posible, sin dejar ningún asunto al azar, esta disciplina era, tal vez, lo único que conservaba de sus días como policía. Era capaz de cumplir cualquier orden, no era en exceso violento, pero no tenía mayores dificultades para recurrir a prácticas cuestionables para resolver algún asunto relacionado con su trabajo. Estas características, junto a su probada lealtad y discreción, habían sido la clave para el vertiginoso ascenso en su carrera; en los primeros cinco años de los quince que llevaba al servicio de Scheimer, había pasado de ser conductor a guardaespaldas y finalmente se había convertido en su hombre de confianza, estatus que había sabido conservar durante la última década, garantizando así su estabilidad económica y la de toda su familia.

Se acercó sin pérdida de tiempo al punto de información para confirmar la hora de llegada del vuelo 570 de LAN, proveniente de Río de Janeiro, que estaba programado para llegar a las seis y cincuenta y cinco de la tarde, pero que, debido a las condiciones climáticas durante la escala en el Aeropuerto Comodoro Arturo Merlino

Benítez de Santiago de Chile, presentaba un retraso de una hora. Manrique no se molestó con la noticia, estaba acostumbrado a las esperas interminables y esta resultaba en cierta forma conveniente, pues tendría el tiempo suficiente para comer algo antes de recoger al Librero. Aquel había sido un ajetreado día de trabajo que seguro se prolongaría hasta bien entrada la noche.

Después de notificar la demora a Scheimer se dirigió a uno de los restaurantes del segundo piso del aeropuerto y se acomodó en una mesa junto a la entrada, cuando una mesera se acercó, él le dedicó un par de frases obscenas relacionadas con su falda, que la joven respondió con una sonrisa forzada, que apenas le permitía ocultar la repugnancia que le producían aquel hombre y sus palabras. Manrique ordenó sin dudarlo una cerveza y un bistec casi crudo que le fueron servidos al cabo de unos cuantos minutos y que consumió con avidez, sin reparar en sus modales.

Cuando faltaban quince minutos para las ocho se dirigió a la sala de llegadas internacionales, exhibiendo en lo alto con sus brazos una lámina rectangular de cartón en la que se leía con letras de imprenta el nombre Roberto Andracchio. Media hora después, entre cientos de personas que esperaban a sus familiares provenientes en su mayoría de Estados Unidos y España, apareció por fin el Librero, visiblemente fatigado por lo que sin duda había sido un viaje extenuante; llevaba una camisa blanca, pantalón gris y una americana del mismo color en su mano izquierda, a pesar de que la temperatura había descendido en las últimas horas. Con su mano derecha sujetaba un maletín de cuero que era todo su equipaje y que Manrique se apresuró a recibir después de las debidas presentaciones.

Unos instantes después se encontraban en la Avenida 26, a bordo de un Mercedes Benz 420 negro, modelo 1989, con rumbo a la residencia de Scheimer en el norte de Bogotá. Durante el recorrido, Padovano, que hablaba un excelente español, se limitó a hacer algunas preguntas sobre el clima y la actualidad de la ciudad. Manrique, que respondía los interrogantes con cordialidad, no perdía oportunidad de escudriñar a su pasajero a través del espejo retrovisor, parecía decepcionado con su aspecto, que más que el de un hombre peligroso, correspondía al de un profesor universitario; sin embargo, había aprendido a no dejarse llevar por las apariencias y aunque desconocía todo sobre aquel sujeto, sabía que debía tratarse de un hombre de talento.

La reputación del Librero lo precedía, había nacido en Sassari, en la Isla de Cerdeña y a pesar de ser todavía joven se había hecho un lugar en el bajo mundo de Europa, resolviendo problemas cuya solución parecía imposible. Tenía una selecta lista de clientes, entre los que se encontraban políticos, artistas, empresarios y mafiosos, solo podía ser contactado por intermedio de alguno de ellos, sus tarifas eran elevadas, pero la satisfacción estaba garantizada, sus trabajos eran limpios, efectivos y discretos, lo que le permitía mantenerse alejado de los problemas. Había hecho una fortuna en los últimos años y después de una sucesión de encargos cumplidos con éxito, había decidido explorar nuevos horizontes al mudarse a Río de Janeiro, desde donde operaba sin ser advertido, llevando una apacible vida como dueño de una tienda de libros antiguos.

Cuando llegaron a su destino, Padovano fue recibido en el mismo salón en el que habían estado los dos agentes de policía. Scheimer hizo presencia casi de inmediato, aunque lucía cansado, parecía de mejor semblante que el día anterior, sus graves problemas persistían, pero la presencia de aquel hombre recomendado por su viejo amigo Lambraia, significaba en cierta forma un alivio para él. Después de un saludo protocolario hablaron sobre el viaje y otros asuntos sin importancia y tras algunos minutos, el anfitrión ordenó a Manrique que se marchara y se dirigió a su estudio en compañía del Librero.

—Le agradezco que haya acudido tan pronto, señor Padovano, he recibido las mejores referencias sobre usted y su trabajo —dijo en alemán mientras le acercaba a su invitado un vaso de *whiskey*.

—Si no tiene inconveniente, me gustaría que habláramos acerca de los detalles del trabajo para el que me ha contactado, entiendo que es un asunto de vital importancia para usted y cuanto más rápido se resuelva será mucho mejor para todos —respondió el Librero ignorando las palabras de Scheimer y excusándose por hablar en italiano, pues si bien su alemán era bastante aceptable, prefería tratar este asunto en su lengua nativa, para evitar imprecisiones.

—De acuerdo, como le había anticipado en nuestra anterior conversación, he solicitado sus servicios porque necesito recuperar algo que es muy importante para mí y que ha sido robado.

—¿De qué se trata?

—De una pintura.

—¿Cuándo fue robada?

—Ayer, en la madrugada.

—¿Tiene idea de quién pudo haberlo hecho?

—No, pero supongo que debe tratarse de un simple robo y que las personas que se lo llevaron desconocen su verdadero valor.

—¿Quiénes sabían que estaba en su poder?

—Nadie.

—¿Se han llevado algo más?

—Otra pintura... de menor importancia.

—¿Qué tiene de especial esta pintura?

—Digamos que es muy importante para mi seguridad recuperarla y que nadie debe enterarse de su existencia. Aquí encontrará todas las especificaciones de la obra, lo demás no debe interesarle —concluyó Scheimer en tono amenazante, mientras le entregaba una hoja de papel al italiano y una fotografía del *Retrato de mujer en primavera* de Gustav Klimt.

—¿Qué debo hacer con las personas que tienen la pieza? —Preguntó Padovano después de leer con detenimiento el informe sobre el cuadro.

—No creo que sea conveniente que alguien sepa que el cuadro estaba en mi poder, supongo que usted sabrá cómo proceder, por supuesto le sugiero que sea de la forma más discreta posible.

—Eso no será un problema, considérelo hecho, pero necesitaré algunas cosas para este trabajo.

—Lo que sea necesario, como le dije en nuestra conversación telefónica tendrá a su disposición todos los recursos.

—Hay algo más que debe saber, puede confiar plenamente en los resultados de mi labor, pero para cumplir con ella debo trabajar según mis reglas, con total autonomía y libertad para actuar.

—Siempre que esto no vaya en contra de mis intereses.

—Descuide, no tendrá nada de qué preocuparse.

—Esta es la tarifa por mis servicios, debe transferir la mitad mañana a esta cuenta y la otra mitad la recibiré cuando haya concluido mi trabajo —dijo el Librero mientras sacaba del bolsillo de su camisa una hoja de papel doblada por la mitad y se la entregaba a Scheimer.

—Tendrá su dinero a primera hora. Solo espero que esta desagradable situación termine pronto.

—Entonces, tenemos un trato. Ahora, si no hay nada más que decir, me gustaría descansar un poco, como se imaginará ha sido un largo viaje y quisiera iniciar la búsqueda mañana temprano —dijo el italiano levantándose de la silla que estaba al frente del escritorio, dando por terminada la reunión.

Eran más de las diez de la noche cuando Manrique condujo a Padovano a su hotel en la Avenida Chile, luego volvió a la casa para recibir instrucciones en una operación que le costó menos de una hora.

—Quiero que lo sigas muy de cerca, debes ser muy cuidadoso, no quiero que sospeche que lo estamos vigilando —dijo Scheimer a Manrique cuando se encontraron reunidos de nuevo.

—Entendido.

—Por ahora debemos dejarlo actuar, pero mantén los ojos bien abiertos, hay algo en ese sujeto que me inquieta.

CAPÍTULO 9

DIARIO DE GABRIEL HEUMANN, CRACOVIA, ENERO DE 1942

Todos nuestros esfuerzos por escapar de esta pesadilla resultaron infructuosos, durante los últimos meses, sin importar lo que hiciéramos, ellos lograban encontrarnos, por alguna extraña razón parecían conocer hasta el más insignificante detalle sobre nuestros planes. Finalmente, el pasado otoño creímos que había llegado nuestro fin cuando fuimos deportados desde Viena, transportados en condiciones inhumanas en camiones destinados al ganado, éramos tantos que apenas podíamos respirar y teníamos que abrirnos paso entre los que caían desmayados o muertos. Solo pudimos traer con nosotros algunos artículos personales, por lo que nos vimos obligados a dejar todo lo demás atrás. Por fortuna, mis propiedades más preciadas estaban a salvo, gracias a la ayuda de Franz Riegler, quien también ha hecho todo lo posible para que pudiéramos abandonar el país, él ha sido el único que nos ha tendido la mano en estos momentos; no cabe duda, es un buen hombre.

Hace casi un año que no recibo noticias de Irene y Victoria, aunque me tranquiliza saber —según su última carta— que finalmente han conseguido llegar a América, confío en que se encuentren bien y en que puedan adaptarse sin mayores complicaciones a su nuevo hogar. Debo aceptar que los últimos acontecimientos han hecho que las esperanzas de reunirme con ellas sean cada vez más escasas, es probable que no logre sobrevivir a este infierno, así que les daré instrucciones precisas para que contacten con Riegler cuando todo vuelva a ser seguro y puedan así tomar posesión de la herencia que por ley les pertenece y que resultará suficiente para que puedan vivir con comodidad durante el resto de sus vidas.

En cuanto a la vida en este lugar, no hay palabras que puedan describirla, durante los primeros días me sentí aliviado por ya no tener que contactar con las personas que nos rechazaban, pues creí que ya no estaríamos expuestos a las humillaciones que sufríamos en Viena, qué ingenuo fui al albergar la esperanza de recuperar algo de tranquilidad, pronto descubrí que aquí se aplican métodos mucho más efectivos: el hambre, la miseria, las enfermedades y el trabajo forzado.

Durante los primeros meses mi estancia fue un poco más llevadera, pues por ser portador de la estrella amarilla con la gran J en medio, que me acreditaba como judío y ciudadano austriaco, algunos soldados tenían consideraciones conmigo, que básicamente consistían en ser tratado con un poco menos de violencia que los rusos y los polacos, estos últimos señalados con brazaletes blancos con la Estrella de David bordada en hilo azul. Por desgracia esta situación fue efímera y pronto se convirtió en un maltrato generalizado.

Sin embargo, todavía podía considerarme afortunado, pues conservaba una parte del dinero que había obtenido tras haber vendido los últimos artículos que pude salvar de las tiendas, lo que me permitía conseguir, gracias al contrabando, medicinas, artículos de aseo personal, abrigos, carne y otros alimentos que no se nos permitía comprar aquí y que jamás encontraríamos en las cocinas comunitarias.

Pero todo esto cambió cuando empezó el invierno, los controles al contrabando han aumentado, así como las penas tanto para los vendedores como para los compradores, el dinero se ha acabado y el tifus se ha propagado como la pólvora en las pequeñas viviendas diseñadas para albergar cuatro personas, en las que ahora debemos acomodarnos en un número no inferior a una docena. Cualquier enfermedad es una sentencia de muerte, el acceso a los servicios médicos es imposible para nosotros y los escasos alimentos son destinados a los que están en capacidad de producir. Gracias a mi condición física aún conservo mi trabajo en la fábrica de cueros en la que, a cambio de interminables y extenuantes jornadas, recibo una ración de pan por las mañanas y una de sopa por las noches.

El consejo y la policía han sido obligados a endurecer los controles y a ayudar a organizar las deportaciones a los campos de concentración para evitar así un mal aún mayor. Otros, por su parte, presas del hambre y la desesperación, han optado voluntariamente por ese destino, atraídos por la promesa de recibir tres kilos de pan y uno de jamón. En ocasiones siento miedo y vergüenza de mí mismo, pues cada vez me impresionan menos las personas que día a día caen muertas de inanición en las calles.

Todas las manifestaciones culturales o intelectuales son reducidas a la clandestinidad y solo en contadas ocasiones el consejo aprueba sencillas presentaciones teatrales que, aunque cada vez menos frecuentes, constituyen nuestros únicos momentos de esparcimiento.

Quizás estas sean las últimas líneas que escriba, después de todo nunca sabemos lo que sucederá mañana, las probabilidades de salir de aquí son cada vez menores y las fuerzas disminuyen en la misma medida en la que aumentan las horas de trabajo en la fábrica, en especial después de que Paula enfermó y tuvimos que doblar nuestros esfuerzos para cubrir su cuota de producción y evitar así que fuera reportada como no apta [...].

★★★

Irene Heumann-Brunt era toda una leyenda en la comunidad hebrea internacional, fue amiga personal de Simon Wiesenthal y junto a él luchó por la búsqueda de la justicia y la verdad con respecto a los crímenes cometidos durante el Holocausto. Dedicó la mayor parte de su exitosa vida a tratar de localizar a Franz Riegler, también conocido como el banquero de Salzburgo, quien además de robar la fortuna de su padre, había dado información acerca de su paradero a los nazis, lo que más tarde permitió su deportación al Gueto de Cracovia. A pesar de su posición y sus influencias, su búsqueda nunca llegó a buen puerto, aquel hombre había desaparecido del mapa sin dejar más huella que una nebulosa sospecha de su presencia en Sudamérica, casi con seguridad en Argentina, información que incluso sirvió como punto de partida de un fallido operativo en aquel país, en el que tras un gigantesco despliegue, se comprobó que se había seguido un rastro falso que conducía a un callejón sin salida, lo que significó un grave revés para el Centro de Documentación Judío, el Gobierno de Israel y, por supuesto, para las aspiraciones de Irene.

Tras su muerte, las banderas de la lucha familiar pasaron a su hija Emma Brunt, quien se había convertido en una figura respetada no solo por la influencia del legado de su madre, sino también por sus valiosos aportes en la internacionalización de la causa del centro y en la permanente denuncia de las prácticas antisemitas. Como investigadora, había logrado formar parte del equipo de apoyo en varias misiones alrededor del mundo, lo que le había conferido cierto protagonismo en algunas de las capturas de nazis más recordadas de los últimos tiempos.

Esto le había permitido a la joven Emma relacionarse con toda clase de personalidades, había expuesto su caso no solo ante los altos mandos de la oficina de Nueva York, sino también con el Rabino Ackman, director del cuartel general de la costa pacífica, e incluso con el jefe del Servicio de Seguridad General de Israel y algunos de sus agentes más destacados. Nada de eso había sido suficiente para conseguir su objetivo, su petición de una nueva operación para localizar a Riegler seguía siendo denegada una y otra vez, no estaban dispuestos a desplegar sus fuerzas para llevar a cabo la búsqueda, ni siquiera por la familia Heumann-Brunt, no después del escándalo de Bariloche.

No obstante, a pesar de ser consciente de sus escasas posibilidades de éxito, Emma logró concertar una cita más, esta vez con Reuben Baloschen, director general de Operaciones del centro, para lo que había viajado hasta Los Ángeles, California. Finalmente, después de atravesar el país de costa a costa, ahí se encontraba en un enorme salón, esperando ser recibida, aferrándose a su última esperanza, tal y como se lo había aconsejado Simon Henshaw.

—El director la recibirá ahora —le anunció una secretaria, señalándole la puerta de entrada.

—Director Baloschen —dijo ella cuando se encontró en el interior de la espaciosa e iluminada oficina, respondiendo con su mano derecha el saludo de su anfitrión, mientras que con la otra sostenía varias carpetas llenas de documentos.

—Toma asiento, Emma ¿En qué puedo ayudarte? —Dijo Baloschen mientras se sentaba detrás de su escritorio y señalaba la silla que se encontraba del otro lado.

—Sé que es una persona muy ocupada y que ha tenido una gran deferencia conmigo al recibirme en estas condiciones, así que trataré directamente el asunto que me ha traído aquí, aunque estoy segura de que debe saber de qué se trata. —Mientras pronunciaba estas palabras, extrajo un expediente de una de las carpetas que había dejado sobre el escritorio al sentarse.

—Lo imagino.

—Estos son los últimos datos del caso Riegler, el informe indica que recibió ayuda de la Iglesia para salir de Europa con una nueva identidad, lo que no debió resultarle muy difícil con su fortuna.

—Como muchos otros criminales, pero sabes que eso es algo imposible de comprobar.

—No si logramos revisar los archivos del Vaticano, ahí hay un extenso registro de las personas que fueron ayudadas.

—Jamás tendremos acceso a esos archivos.

—Sé que ustedes pueden hacerlo, tienen contactos en Roma, que estarían dispuestos a ayudar.

—No es tan sencillo. Entiendo tu interés en este caso, pero debes aceptar que mientras no dispongamos de más información no hay nada que podamos hacer.

—No se trata solo de un asunto personal, este hombre se hizo millonario robando y denunciando a decenas, tal vez cientos de judíos que tuvieron que pasar por los campos, casi todos fueron asesinados.

—También soy consciente de eso y comparto tu deseo de justicia, pero una nueva operación sería una pérdida de tiempo.

—No será necesaria una gran inversión, yo misma puedo encargarme de la investigación, tengo contactos en América del Sur que pueden ayudarme, solo necesito su aprobación

—Sabes que no podemos permitirlo, es nuestro prestigio el que está en juego, nosotros estamos dispuestos a ayudarte, pero debemos estar seguros del terreno que estamos pisando, no podemos exponernos a otro escándalo como el del 85, lamento tener que decirlo, pero no podremos apoyar tu investigación hasta que tengamos una prueba concreta sobre la nueva identidad de Riegler.

—No tiene por qué lamentarse, entiendo su posición, solo quiero dejar algo claro ¿Si logro encontrar esa prueba, estarán dispuestos a llevar la búsqueda hasta las últimas consecuencias?

—Si la información lo amerita, puedes estar segura de que lo haremos. Ahora, si me disculpas, tengo otros asuntos que atender —dijo Baloschen levantándose de su silla, dando por concluida la reunión.

—Era todo lo que necesitaba escuchar. Muchas gracias por su tiempo, director Baloschen —respondió Emma mientras se marchaba.

CAPÍTULO 10

El primer día de trabajo de Stefano Padovano en Bogotá comenzó un poco antes de que el sol hiciera su aparición detrás de los cerros orientales de la capital, en parte por la diferencia de dos horas con respecto al horario de Brasil, que le impidió permanecer más tiempo en la cama, pero sobre todo motivado por la expectativa de resolver un nuevo caso que afrontaba con la rigurosidad que lo caracterizaba; a pesar de que a simple vista parecía tratarse de un asunto sin mayores implicaciones, había aprendido hacía mucho tiempo a no subestimar ninguna de sus misiones y en buena medida, a eso se debía su éxito.

Aunque el Librero no acostumbraba a hacer demasiadas preguntas a sus clientes, siempre se había esmerado por conocer la mayor cantidad de información sobre ellos, no solo para beneficio de la investigación, sino también como una medida para garantizar su seguridad. Su nuevo contrato por supuesto no era la excepción, mientras desayunaba en el restaurante del hotel en el que se encontraba hospedado decidió dar un vistazo al expediente del hombre que había solicitado sus servicios, que sus contactos habían preparado para él y que leyó selectivamente desechando la información que consideraba irrelevante.

Martin Scheimer, ciudadano austriaco, según pasaporte expedido por el Comité Internacional de la Cruz Roja, nació el 2 de octubre de 1912 en Hallstatt, en el distrito de Salzkammergut, aunque no se ha encontrado ningún registro suyo en esa ciudad. No hay mucha información de su vida hasta 1948, cuando emigró a Argentina proveniente de Italia. Después de varios empleos temporales, se desempeñó como contable en un banco y poco a poco fue ascendiendo escalones en la misma institución.

A finales de 1960 y sin motivo aparente, se estableció en Bolivia y dos años más tarde en Perú hasta que en 1968 se radicó en Bogotá, Colombia, en donde desembolsó una importante suma de dinero para hacerse con el control de una empresa local de lácteos, que durante la década siguiente experimentó un notable e inesperado crecimiento que pronto se vio reflejado tanto en las utilidades como en la absorción de la mayoría de las compañías competidoras, lo que permitió a Scheimer consolidar en poco tiempo una gran fortuna y adquirir una serie de propiedades a lo largo del país.

En enero de 1980 juró la Constitución colombiana, desde entonces se dice que ha sido amigo personal y benefactor de los gobernantes de turno, financiando sus campañas a cambio de tratamiento especial para su imperio económico, esto no pasó de ser más que un rumor que fue desmentido y quedó en el olvido como un incidente sin importancia que no logró hacer mella en su imagen favorable.

No se le conoce ningún vínculo familiar, nunca se ha casado, aunque constantemente se le ha relacionado con mujeres jóvenes. No es muy frecuente verlo en actos públicos; a pesar de sus esfuerzos por mantener un bajo perfil, ha alcanzado cierto reconocimiento en el país no solo por su gestión como empresario sino también por sus obras benéficas, que lo han convertido en un ciudadano respetable y ejemplar. Su gusto por el arte y las antigüedades es bien conocido y se rumora que posee una de las colecciones más impresionantes del país.

Vive en una mansión en el norte de la ciudad, aunque también pasa mucho tiempo en su casa de campo en Chía, una población ubicada a veinticinco kilómetros de Bogotá, se moviliza en autos blindados con toda clase de precauciones. La responsabilidad de su seguridad recae desde hace varios años en su hombre de confianza, Adolfo Manrique, un expolicía bogotano destituido por un escándalo de corrupción.

Además del informe, el expediente incluía copias de varios documentos entre los que se encontraban el pasaporte de la Cruz Roja y el visado argentino, ambos expedidos en 1947, así como un documento que lo acreditaba como refugiado. También figuraban varios recortes de prensa de noticias recientes relacionadas con él o sus empresas, incluyendo una de esa misma semana en la que se especulaba sobre un robo en su casa.

Tras confirmar que el dinero correspondiente a la mitad del pago pactado había sido depositado en su cuenta en las Islas Caimán, Padovano se dispuso a iniciar su investigación, con la certeza de que no sería muy difícil encontrar un Klimt y un Pechstein en esa ciudad.

Horas más tarde, identificado como empleado de una compañía de seguros, se entrevistó con los agentes Fuentes y Cabral, quienes habían atendido el caso del robo en casa de Scheimer, ellos le proporcionaron los datos de algunos ladrones de arte identificados en la ciudad, la lista no era muy larga y tampoco contenía mayor información de utilidad, sin embargo le reveló la existencia de un lugar en el que se sospechaba que podían realizarse contactos para la comercialización de joyas, antigüedades y piezas de arte robadas.

Esa misma tarde visitó el local mencionado por las autoridades, era una tienda de artesanías ubicada en el primer piso de un lujoso edificio en el centro de la ciudad, en la que, con mucha paciencia y haciéndose pasar por un adinerado turista, comprobó que era posible conseguir mercancía que iba desde reliquias precolombinas, pinturas y esculturas de menor importancia hasta especies de animales en vía de extinción, todo en medio de la más completa indiferencia de la policía y a plena luz del día. Aunque no pudo descubrir nada acerca del robo, su presencia en ese sitio no fue del todo infructuosa, pues a cambio de una buena suma de dinero pudo obtener la dirección de un club nocturno en el que tal vez podría encontrar lo que estaba buscando.

El Librero estaba decidido a realizar algún avance significativo antes de que terminara el día, por lo que pasadas las ocho de la noche pidió un taxi en la recepción del hotel y partió rumbo al exclusivo sector de Usaquén. Veinte minutos después se encontró en un bar llamado Rotterdam. El lugar era pequeño y ruidoso y en su interior decenas de extranjeros se acomodaban alrededor de redondas mesas de madera iluminadas con lámparas de gas. Una vez allí se sentó frente a la barra y después de pedir un *Gin Tonic*, preguntó al *barman* por un hombre llamado Enrique Marroquín. Minutos después y tras asegurarse de que el recién llegado estuviera solo, apareció Marroquín y pidió a Padovano que lo acompañara a una de las mesas. Allí conversaron brevemente y el hombre, que había comprendido lo que el Librero estaba buscando, le confesó que no sería una tarea sencilla conseguir esa clase de mercancía, pero que, si alguien en la ciudad estaba en capacidad de ofrecerla, él se enteraría con facilidad, por lo que se comprometió, a cambió de una jugosa comisión, a establecer los contactos necesarios en cuanto tuviera cualquier información.

Terminada la reunión se marchó y dio por concluida su jornada de trabajo, el reloj de la Iglesia Santa Bárbara de Usaquén estaba a punto de dar las diez de la noche, cuando decidió dar un paseo antes de tomar el taxi de regreso al hotel. Apenas había recorrido unos cuantos metros cuando en medio de las desoladas y estrechas calles sintió que alguien lo seguía, había tenido esa sensación durante todo el día, pero ahora, en estas condiciones, representaba un verdadero peligro. Decidió aligerar el paso para alcanzar la Avenida Séptima, que a esa hora estaría más iluminada y concurrida, pero cuando lo hizo, sintió también aumentar la velocidad de las pisadas de su perseguidor, que trataba de seguir su ritmo y que durante un instante fue cegado por las luces de un vehículo que disminuía la velocidad mientras cruzaba por el trayecto adoquinado; este tiempo fue suficiente para que el Librero se escurriera detrás de un muro a un extremo de la calle, dejando aturdido al hombre que había estado tras él. Este sin poder advertirlo, recibió un fuerte golpe en la cabeza que lo dejó tendido en el suelo antes de que alcanzara a introducir la mano en el bolsillo de su chaqueta para sacar su arma, Padovano había arremetido contra él y se encontraba apuntándole a la cabeza con una pistola automática.

Cuando trataba de obtener alguna información de su perseguidor vio que se acercaba el Mercedes negro que lo había conducido del aeropuerto al hotel y emergía la figura de Manrique que trataba de convencerlo de no lastimar a aquel sujeto, pues se trataba de uno de sus hombres, que había estado vigilándolo por orden de Scheimer.

—Creí que a tu jefe le habían quedado claras mis condiciones, si quiere que realice mi trabajo deberá respetarlas —dijo soltando al hombre que estaba sujetando.

—Solo se trata de algunas precauciones necesarias, entienda que lo hacemos para garantizar su propia seguridad—trató de justificarse Manrique.

—Puede decirle al señor Scheimer que yo sé cómo cuidarme y que la próxima vez que decida espiarme se asegure de enviar a alguien más competente —dijo y se marchó caminando sin escuchar más explicaciones.

CAPÍTULO 11

Contrariamente a lo que Ángel Serrano había presupuesto, su requerimiento fue rápidamente atendido, sus preguntas acerca de la pintura que Eva le había enseñado despertaron un inusitado interés en su antiguo conocido Albert Leisser, miembro del comité de investigación del Museo Albertina de Viena, que había dedicado varios años al estudio exhaustivo de la vida y obra de Gustav Klimt y que producto de su trabajo y devoción había llegado incluso a publicar algunos volúmenes sobre el artista austriaco, con información inédita y en cierta medida controvertida. En menos de dos días y luego de haber consultado con otros expertos en Europa y Estados Unidos, Leisser estuvo en condiciones de rendir un detallado informe sobre la pieza y su singular historia, por lo que después de llamar a Bogotá para entregar el parte triunfal, se dispuso a enviar, vía fax, la información de la que había hecho acopio.

Serrano, que había recibido las noticias de su amigo con satisfacción, no perdió tiempo para revisar el documento, que estaba escrito en un modesto pero efectivo inglés y cuya información terminó por ser mucho más reveladora y sorprendente de lo que hubiera supuesto. Acto seguido y todavía desconcertado por lo que acababa de leer, se dispuso a comunicarle a Eva la llegada de los ansiados resultados, anticipándole que el caso había tomado un rumbo inesperado, por lo que sería mejor que los revisaran lo más pronto posible.

Ella, que durante los últimos días había centrado su atención casi de manera exclusiva en este asunto, acudió de inmediato a la oficina de su amigo, en el céntrico barrio de la Macarena, en donde Ángel permanecía durante el día a pesar de estar jubilado hacía más de diez años. El lugar estaba impecablemente dispuesto, la mayor parte del espacio era ocupado por dos estantes de madera envejecida, repletos de libros, había un pequeño archivador y un tablero de ajedrez en una mesita alargada junto a un sofá de color verde oscuro. Cerca de la puerta de entrada se encontraba un antiguo escritorio; sobre él, algunos papeles apilados con minuciosidad, un calendario, un reloj, algunos portarretratos con fotografías de su familia y varias hojas de la máquina de fax que Serrano revisaba cuando fue interrumpido por la llegada de Eva.

—Estoy ansiosa por escuchar lo que tienes que decirme, por el tono de tu voz puedo deducir que has hecho un gran descubrimiento —dijo emocionada, obviando cualquier formalidad.

—No creo que puedas imaginarlo.

—¿Entonces la escena sí corresponde a una obra de Klimt? —Preguntó una vez más impaciente.

—Así es, según el informe la obra fue terminada entre 1911 y 1912, es una de las menos conocidas de Klimt, por lo que llegó a ponerse en duda su autenticidad, algunos expertos la llaman *Retrato de mujer en primavera;* como muchas otras piezas invaluables, desapareció del mapa al cambiar de dueño en repetidas oportunidades durante la primera mitad del siglo.

—Entonces, eso es una buena noticia y aumenta las probabilidades de que se trate del original, pues al ser prácticamente desconocida no creo que se hayan elaborado muchas réplicas.

—Es cierto, lo que hace aún más grandioso el resto de la información descubierta.

—¿Has podido averiguar algo más sobre el asunto?

—Por supuesto que hay mucho más, de hecho, lo que aún no te he dicho es lo más relevante.

—¿De qué se trata?

—Según la nota que envió Albert Leisser, esta pintura, cuyo último propietario conocido fue un adinerado prestamista austriaco de origen judío, desapareció durante la Segunda Guerra Mundial.

—¿Se supo algo de ella desde entonces?

—Nada, aunque se convirtió en un símbolo de la búsqueda de justicia en Estados Unidos e Israel.

—¿Por qué esa pintura en especial?

—Porque gracias al relato de su propietario, que logró sobrevivir a los campos de concentración, pasó a ser una de las principales pruebas en contra de un buscado criminal de guerra.

—¿Y pudieron capturarlo?

—No, logró desaparecer sin dejar rastro alguno, aunque al parecer había gente muy importante tras él.

—Vaya, sí que es una historia increíble.

—Te lo dije ¿Te imaginas lo que podría llegar a suceder si la pintura de la foto fuera original?

—Claro que puedo imaginarlo, significaría que yo podría convertirme en la feliz propietaria de una invaluable pieza, a cambio de una pequeña suma de dinero —dijo Eva con una sonrisa, tratando de suavizar el aire de solemnidad que hasta ese momento había tenido la conversación.

—Por favor, Eva, estoy hablando en serio.

—Era solo una broma, supongo que de resultar original estaríamos frente a un gran hallazgo.

—Y eso no es todo, pues también implicaría que quien la tenga en su poder se encontraría en un grave peligro.

—¿En verdad lo crees? Han pasado casi cincuenta años desde que terminó la Guerra, es probable que el caso haya quedado ya en el olvido —dijo tratando de tranquilizarse más a si misma que al propio Serrano.

—Si la obra es auténtica, la persona que está tratando de venderla debió obtenerla de forma fraudulenta, ya sea robándola o comprándosela a quien la robó. Ahora piensa en lo siguiente, si nuestro criminal de guerra aún está vivo, debe estar interesado en recuperar la prueba que lo incriminaría y si en verdad ha hecho todo lo que dicen, sería capaz de cualquier cosa.

—En tal caso ese hombre debió destruir la pintura hace muchos años, nadie en su posición la conservaría sabiendo que representaba un grave peligro para sus intereses y suponiendo que todavía la tuviera consigo, la guardaría en un lugar lo bastante seguro como para que nadie pudiera robarla. Así que lo más probable es que todo esto no tenga la menor importancia y solo se trate de una réplica como lo habías anticipado desde el principio.

—Sí, pero qué sucedería si los cazadores de nazis estuvieran también tras esta pista, no descansarían hasta llegar a las últimas consecuencias sin importarles quién pueda salir lastimado.

—Vamos, Ángel, creo que estás yendo demasiado lejos con esta teoría de conspiración, aunque creo que ese podría ser un buen tema para la novela que siempre has querido escribir.

—Está bien, puedes decir lo que quieras, yo solo trato de hacerte ver el lío en el que podrías meterte si decides continuar con esto, creo que lo mejor será que te olvides del asunto y no vuelvas a contactar con esta persona.

—Tal vez tengas razón.

—Prométeme que lo harás.

—Está bien, lo prometo.

—Será lo mejor.

Cuando Eva abandonó la oficina de Ángel, se dirigió de nuevo a su galería mientras trataba de asimilar todo lo que había escuchado, las palabras de su amigo se repetían una y otra vez en su cabeza, recordó también la noticia sobre el Max Pechstein robado al empresario Martin Scheimer y la sola idea de imaginarlo involucrado en el holocausto judío le pareció tan improbable como ridícula.

Aquella noche le resultó difícil conciliar el sueño y no pudo evitar seguir dándole vueltas al asunto, estaba satisfecha por tener en sus manos una obra maestra por la que se sentía inexplicablemente atraída y de la que no estaba dispuesta a desprenderse. Por fin pudo recuperar la calma al pensar que incluso en caso de resultar cierta esta historia no habría forma de que la relacionaran con ella y que, en algún tiempo, aquello no sería más que una extraña anécdota.

CAPÍTULO 12

**DIARIO DE GABRIEL HEUMANN, VIENA,
28 DE NOVIEMBRE DE 1932**

La ansiada recuperación de la que tanto hemos escuchado en el último año ha tardado mucho más de lo que las promesas de los políticos nos habían hecho creer. La crisis ha ocasionado un creciente malestar generalizado y un ambiente enrarecido, que según todos comentan, parece presagiar lo peor. Yo, por mi parte, soy más optimista, aunque las medidas anunciadas durante los últimos meses nos han demostrado que tendrá que pasar mucho tiempo antes de que las cosas empiecen a mejorar y que no habrá demasiadas diferencias entre el gobierno de Dollfus y el de Buresch.

Ni siquiera las más entrañables tradiciones de Viena se han salvado de la depresión, he leído en los periódicos que está en serio peligro la realización del tradicional Baile de la Ópera y aunque aún faltan más de tres meses para su celebración, la mayoría de los miembros del Gobierno que habían sido invitados, han anunciado que no participarán por orden del canciller, según él mismo ha declarado, con el propósito de dar muestra de austeridad y solidaridad, aunque supongo que en realidad quiere acallar así las críticas de la oposición por los altos costos del evento.

Esta semana han cerrado otras dos tiendas en la misma calle de la sastrería, los estragos de la crisis económica se sienten cada vez más cerca, aunque por fortuna aún no han tocado a nuestra puerta, hemos podido mantener a flote las tiendas a pesar de que los precios bajan cada día como consecuencia de las nuevas políticas gubernamentales, reduciendo también los ingresos que escasamente son suficientes para pagar el sueldo de los empleados sin tener que recurrir a los despidos masivos como lo ha hecho la mayoría de empresarios en la ciudad. Esto solo ha sido posible gracias a que hemos encontrado una gran oportunidad para crecer en medio de la adversidad, pues desde la quiebra del Creditanstalt, la gente ha dejado de confiar en los bancos y cada vez más personas acuden a la oficina de préstamos, no recuerdo haber visto tantos clientes desde los buenos tiempos de papá.

Apenas hace unos días ha sucedido algo inesperado, mis ojos no podían dar crédito cuando el mismísimo Ralf Schulz se presentó en mi oficina diciéndome que estaba dispuesto a aceptar la oferta que durante años le había hecho por su hermosa pintura de Gustav Klimt. No pude evitar sentir pena por él, siempre ha sido un hombre muy orgulloso y esto debió resultarle muy difícil, pero estoy seguro de que se repondrá, además con el dinero que le he pagado podrá solventar su situación, por lo menos durante algún tiempo. Sé que probablemente no es el mejor momento para un gasto innecesario, pero esta era una oportunidad que no podía dejar pasar.

El espléndido *Retrato de mujer en primavera* luce de maravilla en nuestra casa. Margaret no puede ocultar su satisfacción e incluso la he sorprendido en compañía de la pequeña Irene contemplándolo durante horas, no las culpo porque yo mismo lo he hecho en varias ocasiones, quizás tratando de entender el motivo de la extraña fascinación que ejerce sobre nosotros, o simplemente sucumbiendo ante ella. No sé si es la misteriosa mirada de la joven o los vivos colores de la escena, pero ahora puedo entender la negativa del viejo Schulz a desprenderse de ella. Confío en que permanezca mucho tiempo con nosotros y pueda pasar de generación en generación, convirtiéndose en el símbolo de prosperidad y felicidad de nuestra familia.

★★★

Cuando el tren proveniente de París anunció su llegada a la *Gare de Nimes*, tras casi tres horas de viaje, Emma Brunt se dirigió a la Rue Briçonnet, en donde alquiló un Ford Fiesta rojo, modelo 90, en el que abandonó la ciudad por la Autopista 54, recorriendo las pequeñas poblaciones Caissargues y Garons antes de tomar la ruta 572. Treinta minutos más tarde se encontró en el centro de Arlés, ciudad que atravesó rápidamente y solo unos cuantos kilómetros después, al pasar cerca del complejo de la Abadía de Montmajour, pudo apreciar los interminables viñedos del Valle del Ródano Meridional, hermosos y coloridos en medio del fuerte verano. Aparecieron también las primeras cabañas de los siglos XVIII y XIX y por último pudo divisar entre varios árboles de castaña, la fachada de piedra maciza cubierta de enredadera, con puertas y ventanas de madera rojiza, rodeada de despoblados jardines. El ladrido de los perros cada vez más cercano era la señal inequívoca de que había llegado a su destino.

«Encuentra la pintura y encontrarás a Riegler, estoy segura de que no se deshará de ella» le había dicho en varias ocasiones Irene Heumann-Brunt a su hija, quien siempre había pensado que aquella sería la pista más difícil de seguir, por lo que la había desechado casi por completo, concentrándose en las otras posibilidades. Sin embargo, después de ver como se cerraba la última puerta tras su fracaso en Los Ángeles, Emma había decidido aferrarse con todas sus fuerzas a la esperanza proporcionada por las palabras de su madre, lo que la había llevado a cruzar el Atlántico para reunirse con Levi Mosnian, un viejo amigo de la familia que le había anunciado que podría tener alguna información valiosa acerca del cuadro.

Emma encontró a Mosnian acomodando algunas herramientas en un depósito de madera junto a la casa, era un hombre de mediana edad, debía estar cerca de los cincuenta años, pero se conservaba en buena forma física, vestía una camisa blanca, un pantalón *beige* y unas botas de cuero café, llevaba corte militar y lo que había sido una abundante cabellera negra ahora estaba cubierta en buena parte por canas, una nariz alargada era el rasgo más sobresaliente en su inexpresivo rostro dorado por el sol, en el que se dibujó una amplia sonrisa cuando advirtió la llegada de su invitada.

Nadie en aquel lugar podría imaginar que su amigable vecino, el consagrado granjero con extraño acento, fuera toda una leyenda de los servicios de inteligencia de Israel. Siendo aún muy joven dirigió con relativo éxito uno de los comandos que participaron en la segunda fase de la Operación *Ira de Dios*, además de liderar satisfactoriamente varias incursiones en El Líbano. Durante los primeros años de la década de los ochenta, participó en algunas capturas de nazis en Europa. Sin embargo, su vertiginosa carrera se vio truncada de forma inesperada en el verano de 1986, cuando en el curso de un operativo de reconocimiento en Goteburgo, se encontró en medio de un tiroteo en una cafetería, en donde murieron varios ciudadanos suecos, fue capturado por las autoridades de ese país y solo fue su línea directa con el primer ministro lo que le permitió ser repatriado a Israel, pero su identidad había sido revelada y había puesto en peligro su seguridad y la de los otros miembros del equipo que participaban en la misión, por lo que tuvo que ser separado de la fuerza. Desde entonces había vivido en aquella pintoresca granja cerca de Arlés bajo el nombre de Patrick Gobet, desde ahí se había convertido en permanente fuente de consulta de Irene y después de Emma, así como del propio Gobierno de Jerusalén, su nombre aún infundía respeto y admiración, incluso entre los miembros más jóvenes del Mossad.

—Todavía me resulta increíble verte como un tranquilo hombre de campo —dijo Emma mientras se sentaban en una silla cubierta del sol por una espesa enredadera que se extendía por toda la terraza del patio interior.

—En realidad disfruto mucho estando aquí.

—Te entiendo, es un lugar hermoso.

—Lo sé, se lo compré a una joven pareja que quería ir a vivir a Aviñón, el marido la había heredado de sus padres y no estaban interesados en conservar la granja, así que puede decirse que fue un buen negocio —dijo, mientras le ofrecía una copa de *Châteauneuf-du-Pape*.

—El sabor de la tierra ¿No es así? —Dijo ella saboreando el rojizo contenido de la copa que tenía en su mano.

—¿Qué tenemos aquí? Una joven conocedora.

Los dos sonrieron y luego permanecieron en silencio.

—¿Aún extrañas las misiones? Preguntó Emma después de algunos minutos

—Cada día, aunque ahora puedo dormir más tranquilo.

—¿Se han ido las pesadillas?

—Jamás se van, pero con el tiempo he aprendido a convivir con ellas. Pero no te he citado aquí para hablar de mí, será mejor que escuches lo que tengo que decir antes de que sea muy tarde, el vino de esta región puede ser demasiado para algunos turistas —dijo sonriendo, mientras llenaba una vez más las dos copas que estaban sobre una mesa de madera.

—¿Qué es lo que has podido averiguar Levi?

—Por petición de tu madre, he estado rastreando cualquier actividad relacionada con el Klimt desde hace algunos años, como era de esperar no había surgido nada, hasta hace un par de días cuando me informaron que alguien estuvo haciendo llamadas en Austria, indagando sobre el cuadro, me tomé la libertad de hacer mis propias averiguaciones y pude determinar que el origen de este súbito interés está en Colombia, luego pensé en los rumores de la presencia de Riegler en Sudamérica, así que no sería descabellado pensar que todo esto tenga algo que ver con él. Sé que no es mucho, pero tal vez pueda servirte —dijo mientras le entregaba a Emma un sobre con la información que había logrado reunir.

—¿Bromeas? Es mucho más de lo que hemos podido obtener en años, antes de venir aquí estaba a punto de renunciar, ahora tengo un punto de partida.

—¿Y qué harás ahora?

—Iré a Colombia

—Necesitarás mucho más que una corazonada para convencer a Baloschen y Ackman de iniciar una nueva operación en Sudamérica, los conozco bien, no importa lo que te hayan dicho, no tienen intenciones de mover un dedo para ayudarte, a menos, por supuesto, que puedan encontrar la forma de beneficiarse con todo esto.

—¿Crees que no lo sé? Ya he agotado todas las instancias, si quiero encontrar a Riegler tendré que hacerlo yo misma.

—Esto no es un juego Emma, no habrá nadie del servicio que se encargue del trabajo sucio, no podrás hacerlo sola.

—Tendré que intentarlo, es la primera pista en décadas y si no voy tras ella tal vez no vuelva a tener otra oportunidad.

—¿Tienes algún plan?

—No lo sé, buscaré debajo de las piedras si es necesario.

—¿Alguna vez te has preguntado si estás preparada para cuando llegue el día en el que encuentres lo que estás buscando?

—¿De qué estás hablando? He luchado por ese momento durante toda mi vida, igual que lo hizo mi madre.

—No me refiero a eso Emma, ese camino que estás siguiendo tarde o temprano va a tornarse peligroso, no habrá nada de diplomacia en esto, tendrás que estar preparada para mirarlo a los ojos y llegado el momento, si las cosas se complican, más vale que estés dispuesta a apretar el gatillo. Podría ser tu vida o la de él.

—Vamos, Levi, sabes que no tengo miedo.

—Cuando quitas una vida, una parte de ti muere también ¿Crees que podrías vivir con eso?

—Entiendo lo que tratas de decirme, pero esto es algo que debo hacer, se lo debo a mi familia. Si ese hombre aún vive, no descansaré hasta que sea juzgado por sus crímenes, estoy dispuesta a hacer lo que sea para lograrlo, no creo que sea necesario recurrir a la violencia, pero si las cosas llegan a ese extremo, sé cómo cuidarme, si es lo que tanto te preocupa.

—Escucha, fui amigo de tu madre durante mucho tiempo, siempre he tenido un gran afecto por tu familia, pero sabes que no puedo involucrarme, haré todo lo que pueda para ayudarte desde aquí.

—Lo sé y te lo agradezco, Levi, solo lamento que tengas que perderte la diversión.

—Sin embargo, no creas que permitiré que vayas sola a ese lugar, conozco a alguien que puede ayudarnos, podemos confiar en él, la última vez que tuve noticias suyas estaba trabajando como contratista independiente en Perú, el será tu apoyo en Bogotá, te aseguró que podrá conseguir todo lo que necesites, pero seguirá siendo tu operación, tus decisiones y tu responsabilidad.

—Eso está claro.

—¿Cuándo piensas viajar?

—Lo más pronto posible, aún tengo que solucionar algunos asuntos en la oficina, pero espero poder partir en un par de días.

CAPÍTULO 13

Los días siguientes al incidente de Usaquén transcurrieron en medio de la más completa tranquilidad para el Librero pues, de manera inesperada, la inminente reunión con Scheimer tuvo que ser aplazada indefinidamente debido a que el austriaco sufrió una descompensación diabética por la que debió ser hospitalizado y, por recomendación de sus médicos, decidió pasar casi toda la semana en su casa de campo en Chía, en donde permaneció hasta que se sintió recuperado. Manrique se encargó de informar a Padovano que su jefe se encontraba fuera de la ciudad, argumentando que debía atender algunos asuntos de negocios y que se entrevistaría con él tan pronto como estuvieran resueltos los problemas que lo habían llevado a ausentarse sin previo aviso.

Durante este tiempo Padovano continuó con sus pesquisas sin mucho éxito, recorrió todos los lugares en los que podría encontrar alguna información útil y se encargó de difundir el rumor de la presencia de un adinerado extranjero dispuesto a desembolsar una buena cantidad en el mercado negro del arte en Bogotá. Tampoco abandonó las averiguaciones sobre la historia del cuadro y la del propio Scheimer, aunque a pesar de sus recursos y su dedicación no pudo encontrar ningún dato diferente a los que figuraban en el *dossier* que sus contactos habían preparado para él. El resto de la semana lo dedicó a recorrer la ciudad, siempre acostumbraba a trazar posibles rutas de escape en caso de que fuera necesario huir y aunque este no parecía un encargo complicado, no quiso dejar asunto alguno al azar.

Por último, como si se tratara de un turista más, se propuso conocer los principales atractivos históricos y culturales de la capital mientras aguardaba la llegada de los primeros resultados de su plan.

El quinto día de espera trajo consigo buenas noticias desde las primeras horas de la mañana, cuando el Librero se disponía a abandonar el hotel para iniciar la jornada, recibió la llamada que había estado esperando.

—¿Roberto Andracchio? —Preguntó una voz vacilante.

—Él habla —contestó triunfal, consciente de que aquella llamada solo podía estar relacionada con el trabajo que le había sido encomendado. Roberto Andracchio era uno de los nombres que con mayor frecuencia empleaba, nunca usaba su nombre de pila en el curso de sus investigaciones, pues consideraba que eso sería un acto de vanidad innecesario que podría ocasionarle problemas.

—Creo que he encontrado algo que puede ajustarse a lo que está buscando —dijo el hombre del otro lado del teléfono, después de identificarse como Enrique Marroquín, el dueño del bar Rotterdam.

—¿De qué se trata?

—No tengo más información, pero la persona interesada en vender el artículo podrá responder todas sus preguntas.

—¿Y cuándo podré reunirme con esta persona?

—Si usted lo desea podrá verlo hoy mismo, lo encontrará en el bar después de las ocho.

—Ahí estaré —respondió por fin Padovano, antes de colgar y continuar con las actividades que había programado para ese día. No pudo ocultar su satisfacción ante la posibilidad de concluir su misión en Bogotá mucho antes de lo esperado y sin mayores contratiempos.

Aquella llamada había sido apenas el inicio de un ajetreado día para Padovano, que poco después de las dos de la tarde recibió la visita de Manrique, quien tras un breve intercambio de palabras lo condujo a la casa de Scheimer que ya se encontraba de vuelta, en apariencia recuperado.

La reunión se realizó en el lugar acostumbrado, donde aguardaba el austriaco visiblemente afectado por su reciente condición, así como por los últimos acontecimientos y la ausencia de resultados en la búsqueda del cuadro.

—He sido informado acerca del desagradable incidente de la otra noche, comprenderá que debo tomar mis precauciones, en especial desde que se filtró a la prensa la noticia del robo, no puedo darme el lujo de permitir que se sigan cometiendo errores, esperaba contar con su colaboración.

—Señor Scheimer, creí que durante nuestra anterior conversación habían quedado claras mis condiciones de trabajo, si desea seguir contando con mis servicios deberá confiar en mis métodos, nunca he tenido problemas con mis clientes, mis resultados siempre han hablado por mí.

—No me malinterprete, desde el principio he tenido plena confianza en sus capacidades, señor Padovano, pero por desgracia las condiciones originales de nuestro acuerdo han cambiado y los recientes sucesos me han obligado a tomar las medidas necesarias para asegurarme de quiénes son mis amigos y quiénes no.

—¿A qué se refiere?

—¿Supongo que no tendrá usted nada que ver con las averiguaciones que se han estado haciendo en los últimos días sobre mí? Solo una persona con buenos contactos podría indagar en Austria, Argentina y Colombia.

—Por supuesto que no ¿Qué clase de pregunta es esa? Le aseguro que no sé de qué me está hablando.

—Me alegra escucharlo, porque debo advertirle que no le resultaría conveniente involucrarse en un asunto que va mucho más allá de sus intereses profesionales, no es bueno revivir los fantasmas del pasado, por experiencia puedo decirle que quienes lo hacen no suelen terminar bien.

—Escúcheme con atención señor Scheimer, tengo por regla general no recibir amenazas de nadie, así que será mejor que aclaremos esto de una buena vez, no tengo ningún interés en su pasado, ni en sus negocios, usted me ha contratado y yo me he comprometido a cumplir con un encargo, si no está satisfecho con mis servicios entonces tal vez debamos replantear nuestro acuerdo —dijo el italiano, por primera vez alterado desde su llegada a Bogotá.

—Por favor, señor Padovano, esto es un malentendido, mis palabras no fueron en manera alguna una amenaza, solo trato de aclarar la forma en la que manejaremos nuestra sociedad en el futuro. Ahora, si no tiene ningún inconveniente, me gustaría discutir los avances del caso.

—Seguro le complacerá saber que todo este asunto se resolverá en breve, al parecer he dado con el paradero del ladrón, pronto lo visitaré y podré recuperar el cuadro, así podrá concluir nuestro vínculo.

—Excelente trabajo, señor Padovano, sobra decirle que Manrique estará complacido de poder ayudarlo en todo lo que sea necesario.

—Gracias por su ofrecimiento, señor Scheimer, pero prefiero hacerlo a mi manera, siempre he trabajado solo y no pienso dejar de hacerlo ahora, solo necesitaré unos días más, cinco a lo sumo, si no he recuperado la pintura después de ese plazo podrá usted hacer lo que considere conveniente, por ahora agradecería que sus hombres me dejaran trabajar tranquilo y que no vayan a arruinarlo todo.

—De acuerdo, confiaré en usted, tendrá absoluta libertad durante ese tiempo, pero después de eso tendrá que aceptar mis términos.

—Le aseguro que es todo lo que necesito, pronto todo habrá concluido y las cosas volverán a la normalidad.

—Así lo espero.

—Si no hay nada más que decir, me gustaría continuar con mi trabajo, así que si me disculpa...

Dicho esto, Padovano se puso de pie con una especie de reverencia, en un gesto que no fue correspondido por el anfitrión, quien permaneció sentado en el salón, mientras el invitado se alejaba.

El Librero se marchó de la residencia de Scheimer por sus propios medios, negándose a que Manrique lo condujera de vuelta al hotel.

CAPÍTULO 14

EXPEDIENTES DEL CENTRO DE DOCUMENTACIÓN JUDÍO.
TESTIMONIO DE GABRIEL HEUMANN, NACIDO EN VIENA
EL 10 DE MAYO DE 1901. TERCERA SESIÓN, 6 DE ABRIL DE 1952

Después de los dolorosos hechos que he relatado en las anteriores sesiones, que concluyeron con la llegada de las tropas soviéticas, la liberación y una larga estadía en varios hospitales de Polonia y Austria, pude reunirme con mi hija Irene, a quien junto a mi diario había logrado enviar el contrato de custodia de bienes que había firmado con Franz Riegler. Cuando estuve lo suficientemente recuperado, me dirigí a Salzburgo con la esperanza de encontrar al joven banquero que me había ayudado en el momento en el que más lo necesitaba y así recuperar una parte de mi vida anterior; sin embargo, no hallé ningún rastro de él, su banco había sido abandonado y nadie pudo darme alguna noticia sobre su paradero. Durante los siguientes meses me dediqué a buscarlo en cada rincón de Austria, los resultados fueron los mismos, poco después descubriría, lleno de rabia e indignación, la verdad acerca de aquel hombre que durante muchos años consideré mi benefactor.

Gracias a las investigaciones posteriores pude establecer que Riegler había sido contactado por cientos de personas en todo el país, que como yo habían confiado ciegamente en él y le habían otorgado la titularidad de sus bienes para tratar de salvarlos del saqueo y la expropiación. Con el pretexto de ayudarnos a escapar a un lugar más seguro, se había empeñado en conocer cada detalle de nuestros planes y los lugares en los que nos ocultábamos, información de la que luego se valió para denunciarnos ante los nazis, a quienes auspiciaba en secreto a cambio de protección y de la certeza de que con las familias enteras deportadas a los guetos y a los campos, nadie reclamaría el dinero ni las propiedades que estaban a su cargo, lo que le permitió amasar una gran fortuna en poco tiempo.

Lo último que pude averiguar fue que Riegler se había encargado de desmontar su imperio personal desde finales de 1943, por lo que un año más tarde, anticipando la caída de Alemania, pudo huir con una buena suma de dinero en los bolsillos y millonarias cuentas en Suiza. Seguí su rastro hasta Siena en la Toscana y aunque ahí encontré pruebas y testimonios que confirmaban su presencia en esa ciudad, no hubo nada que me ayudara a establecer su paradero. Continué mi búsqueda en toda Italia y mis esperanzas sufrieron un grave revés al enterarme de que con la ayuda de un sacerdote logró obtener un pasaporte emitido por el Comité Internacional de la Cruz Roja, lo que le permitió salir de Europa con una nueva identidad, probablemente con destino a Argentina o Brasil; esta versión, a pesar de ser solo una sospecha, fue cobrando fuerza ante a la imposibilidad de hallarlo.

Después de ese fracaso traté de dejar atrás toda esa pesadilla, por eso vine a Nueva York, en donde mi hija se encuentra establecida; sin embargo, no podía quedarme con los brazos cruzados, por lo que gracias a la ayuda de Irene y de algunas organizaciones de sobrevivientes he retomado mi lucha.

Durante los últimos meses he hecho mi mejor esfuerzo para tratar de recrear el horror de los interminables días en Cracovia y Auschwitz, confío en que mi testimonio pueda resultar valioso para la búsqueda de la justicia y la verdad, pues en lo que a mí se refiere no ha surtido el efecto liberador que hubiera deseado, lo que no sucederá hasta que Franz Riegler responda por sus terribles crímenes, empresa en la que estoy dispuesto a llegar hasta las últimas consecuencias, aunque la lógica indique que se trata de una causa perdida [...].

★★★

Hasta el día de su muerte, ocasionada por un fallo cardiaco, en 1976, Gabriel Heumann se dedicó a cumplir esta promesa. La información recopilada durante décadas estaba consignada en el extenso expediente relacionado con el caso Riegler, en el que además de su diario y otros documentos personales, figuraban sus testimonios sobre la guerra y una copia del contrato firmado en Salzburgo en 1939. En él se enumeraban las propiedades cedidas al banquero, entre las que se encontraban una residencia en Seitenstettengasse, tres locales comerciales ubicados en Judengasse, todos vendidos después de su deportación, además de cincuenta mil reichsmarks en efectivo y una pequeña colección de arte formada por una decena de pinturas originales de menor importancia, con excepción de una llamada *Retrato de mujer en primavera* de Gustav Klimt.

Desde la muerte de su madre en 1989, Emma no solo había conservado estos documentos con gran devoción, sino que también los había estudiado exhaustivamente hasta conocer cada detalle de su contenido casi de memoria. No obstante, había decidido dedicar buena parte de las seis horas de vuelo de Nueva York a Bogotá a revisarlos una vez más, ejercicio que en los últimos años se había convertido para ella en un acto reflejo.

Cuando estuvo en suelo colombiano se dirigió sin pérdida de tiempo a un hotel en el centro de la ciudad y apenas una hora más tarde se encontró en un restaurante de la misma zona, donde se reuniría con Eduardo Krugman, quien por recomendación expresa de Levi Mosnian sería su contacto durante su estancia en Bogotá.

Krugman, nacido en Colombia de padres argentinos, era considerado como una clase de mercenario con escrúpulos, había recibido formación militar en Haifa y Jerusalén, donde se había hecho amigo de Levi Mosnian, quien desde hacía algún tiempo lo contaba como su mejor aliado en esta parte del mundo. A pesar de que en varias ocasiones su nombre estuvo relacionado con el tráfico de armas en Latinoamérica, se movía con libertad por el continente, durante el último año llegó incluso a ser contratado por el presidente Alberto Fujimori para formar parte del cuerpo de instructores de los revitalizados servicios de inteligencia de Perú, en donde había permanecido hasta hacía un par de meses, cuando decidió regresar a Bogotá.

—¿Emma Brunt? —Preguntó casi con un susurro un hombre de pálida piel y abundante cabello oscuro que vestía un pantalón gris y una chaqueta deportiva azul, y que hablaba en inglés, idioma que luego convinieron sería el más seguro en un lugar público.

—Usted debe ser Eduardo Krugman, le agradezco mucho que haya venido, su ayuda será muy importante para mí —respondió ella, todavía sorprendida por la presencia de un hombre mucho más joven de lo que había imaginado, según la descripción de su amigo debía tener unos treinta y ocho años, pero por su indumentaria juvenil bien podría pasar por un estudiante universitario.

—No tiene por qué agradecerlo, será un placer trabajar con usted, Levi me envió alguna información acerca del caso, así que podremos ahorrarnos las explicaciones y tratar de avanzar rápidamente.

—Antes de continuar, me gustaría aclararle que nadie debe enterarse de mi presencia en este país, también debo decirle que estaremos solos en esto y que las cosas podrían llegar a ser peligrosas. ¿Está dispuesto a participar incluso conociendo las condiciones?

—Por supuesto que sí, también he sido advertido sobre la dificultad del asunto, lo que podría decirse que lo hace más interesante para mí —dijo con una sonrisa que reafirmaba su compromiso.

—En ese caso, será mejor que comencemos con nuestro trabajo, no tenemos tiempo que perder.

—Esta es toda la información que he encontrado sobre el sujeto que ha estado preguntando por el cuadro: Ángel Serrano, bogotano, 78 años, experto en arte, fue profesor en una reconocida universidad local, pero desde hace una década se encuentra gozando de buen retiro —dijo, mientras le entregaba a Emma un par de hojas con la descripción detallada.

—¿Alguna posible relación con Riegler?

—Ninguna todavía.

—Será mejor que lo averigüemos, es lo único que tenemos por ahora, así que debemos concentrarnos en él.

—Entendido, esta misma tarde le haré una visita y veré lo que sabe.

—Perfecto.

—He encontrado algo más que tal vez pueda llegar a ser de utilidad —dijo, entregándole un recorte de periódico en el que aparecía la noticia sobre la desaparición del Max Pechstein— Martin Scheimer —continuó— reconocido empresario austriaco, su edad y sus características físicas coinciden con la escasa información que tenemos sobre Riegler, no se conoce mucho de su vida antes de su llegada a Colombia hace más de veinte años, salvo que vivió algún tiempo en Argentina. Sé que no se menciona nada sobre el Klimt, pero podría estar relacionado con el caso, según este diario el robo se realizó un par de días antes de que se hicieran las indagaciones sobre nuestro cuadro, creo que deberíamos tenerlo en cuenta.

Emma leyó el papel con detenimiento y luego su mirada se fijó en la foto de Scheimer que figuraba junto a la nota, sus rostro se ruborizó y sintió como si un incontrolable fuego se desatara en su interior, todo esto ante la remota posibilidad de que aquel hombre con apariencia de anciano inofensivo, que gozaba de respeto y admiración en el país, fuera el mismo fantasma que su familia había estado buscando durante décadas; si bien era cierto que era un rastro muy débil, era lo más cerca que se había encontrado del banquero.

—Es un buen inicio, pero necesitaremos toda la información posible sobre este sujeto y el origen de su fortuna —dijo recuperando el control de la situación y tratando de no crearse falsas expectativas ante lo que, por experiencia, sabía que podría llegar a ser bien un gran hallazgo o un nuevo fracaso.

—Ya he empezado a trabajar en eso, mañana mismo estará listo el informe.

—Ya veo por qué Levi me ha dado las mejores recomendaciones.

—Creo que eso es todo lo que tenemos por ahora.

—Entonces, será mejor que nos pongamos en marcha —concluyó Emma, dando por terminada la reunión.

CAPÍTULO 15

La misma tarde del encuentro con Emma, Eduardo Krugman decidió entrevistarse con Ángel Serrano para averiguar las razones de su interés en el cuadro. Tal y como lo había presupuestado, no obtuvo más información del anciano, que respondió a sus preguntas con mentiras y evasivas y se mostró nervioso y desconfiado. Esa era la reacción que Krugman esperaba, por lo que se marchó satisfecho, confiado en que Serrano pronto empezaría a actuar de forma precipitada, develando sus verdaderas intenciones.

Poco tiempo después de haber recibido la inesperada visita, Ángel se dirigió a la Galería Verde Oliva a bordo de un taxi. A su llegada encontró a Eva revisando algunos documentos.

—Te lo dije, sabía que todo este asunto de la pintura no iba a traer más que problemas —dijo alterado, mientras cerraba la puerta de la oficina y se sentaba en una silla que estaba al costado del escritorio de Eva.

—¿Qué está sucediendo, Ángel? Parece que has visto a un fantasma.

—No es para menos, ahora por favor dime que cumpliste la promesa de olvidarte del Klimt.

—Por supuesto que sí, ya te he dicho antes que ese asunto quedó en el pasado, pero ¿A qué viene todo esto?

—Cuánto me alegra escucharlo, no puedes imaginarte el susto que me he llevado esta tarde.

—¿Qué sucedió?

—Recibí la visita de un extraño sujeto que me interrogó acerca de mi interés en el cuadro.

—¿Quién era? ¿Qué era lo que quería?

—Dijo que estaba haciendo una investigación sobre Gustav Klimt y que, ante la imposibilidad de encontrar más información sobre el artista en Colombia, alguien en la universidad le había recomendado que viniera a verme.

—¿Y tú qué le dijiste?

—Que no podía ayudarle, pues mis conocimientos sobre Klimt eran superficiales y entonces sucedió lo más inquietante de todo, aquel hombre me dijo que tenía entendido que yo estaba adelantando algunos estudios al respecto y que por eso había pensado que yo sería la persona idónea para colaborar con su investigación. Yo, por supuesto, negué tal afirmación argumentando que, aunque hacía poco tiempo había consultado a algunos expertos sobre ese artista, mi interés en la materia no iba más allá de la curiosidad de un simple aficionado.

—¿Qué pasó después?

—Traté de dar por terminada la charla, pero antes de que pudiera hacerlo me pidió que le permitiera hacerme una última pregunta.

—¿Cuál fue?

—Quería saber si alguna vez había escuchado hablar de una obra llamada *Retrato de mujer en primavera* y acto seguido me describió la imagen de la fotografía que me enseñaste hace algunos días. Como te imaginarás, me quedé paralizado y solo atiné a decirle que había escuchado algo acerca de ella, pero que nunca la había visto y que ni siquiera sabía si en realidad pertenecía a Klimt.

¿Te creyó?

—No lo sé.

—¿Cómo pudo haberse enterado?

—Eso es lo que me preocupa, la persona que está detrás de esto debe ser muy poderosa para tener contactos en Europa y Estados Unidos que le informaran de inmediato sobre nuestra pequeña consulta.

—¿Crees que puede tratarse de algo peligroso?

—Es muy probable que lo sea.

—¿Y qué vamos a hacer ahora?

—Nada, nosotros no tenemos que ver con todo este lío, aunque será necesario permanecer alerta durante algún tiempo. Es un alivio que hayas desistido de seguir adelante con ese negocio.

—Sí ... Lo es.

—Muchas gracias por tu ayuda, Ángel, lamento haberte involucrado en todo esto, no cabe duda de que eres un buen amigo, ahora entiendo por qué tú y papá siempre se entendieron tan bien.

—No tienes nada que agradecerme, Eva, sabes que eres para mí como una hija —dijo Serrano mientras se marchaba con rumbo a su oficina y luego a su casa, todo esto sin percatarse de que estaba siendo observado por Eduardo Krugman.

Entre tanto, Eva permaneció un par de horas más en la galería; al no tener noticias de Serrano en los últimos días, se había convencido de la posibilidad de conservar el cuadro sin problemas e incluso se había olvidado de la increíble historia de criminales de guerra y cazadores de nazis. Ahora, por primera vez era consciente del peligro que podía cernirse sobre ella y no sabía cómo reaccionar ante esta situación, se encontraba sola, pues no estaba dispuesta a confesarle la verdad a Ángel, eso solo lograría exponerlo sin necesidad. La única solución razonable sería acudir a Badrán, con un poco de suerte él estaría mejor informado que ella, o al menos sabría cómo actuar en estos casos.

Durante los siguientes treinta minutos, Eva intentó comunicarse con su amigo hasta que, cuando estaba a punto de desistir, su llamada fue atendida

—Antonio, soy yo, Eva ¿Dónde te has metido? Te he estado buscando por todas partes —dijo con voz entrecortada.

—Lamento no haber respondido tus llamadas, entenderás que debo ser cuidadoso —se escuchó al otro lado de la línea.

—Menudo lío en el que te has metido y de paso me has arrastrado contigo.

—Así que has visto las noticias, pero no tienes nada de qué preocuparte, no han mencionado nada acerca de la otra pieza.

—Puede que no se haya dicho nada en los diarios, pero el lienzo que me vendiste resultó tener una larga historia y gente muy poderosa interesada en recuperarlo ¿Sabes algo al respecto?

—Nada, pero de todas formas será mejor que lo guardes en un lugar muy seguro, o que te deshagas de él.

A continuación, Eva reprodujo en detalle la información que Ángel Serrano le había relatado, Badrán escuchó atento, aunque no dio mucha importancia a la sorprendente historia secreta del cuadro, estaba claro que aquella situación apremiante no era algo poco común en su profesión y en aquel momento parecía más preocupado por haber dejado pasar la oportunidad de hacer una fortuna con un Klimt original.

—Nunca te he preguntado sobre el origen de tu mercancía, pero es muy importante que me respondas lo siguiente ¿Las dos pinturas provienen del mismo lugar?

—Es probable —respondió vacilante.

—Entonces sí que estamos en problemas.

—No lo creo, siempre hay detectives privados y empleados de las compañías de seguros haciendo preguntas sobre valiosos objetos perdidos, pero eso no significa nada. Nadie sospechará de ti, basta con que seas cuidadosa y pronto todo esto se olvidará, En cuanto a mí, creo que ha llegado el momento de tomar unas vacaciones, ya he hecho contactos con un turista italiano que está dispuesto a comprar el remanente, cuando lo haga podré abandonar la ciudad por un buen tiempo. Ahora debo colgar, lamento haberte causado estos inconvenientes, te lo compensaré en el futuro. Que tengas suerte —concluyó, antes de cortar la comunicación sin esperar respuesta.

CAPÍTULO 16

A las siete de la noche Stefano Padovano abandonó su habitación y se dirigió al restaurante del hotel, ahí tomó una cena ligera y después de media hora se encontró preparado para asistir al encuentro que probablemente le permitiría cumplir su compromiso con Scheimer. Si todo salía bien se desharía del ladrón y recuperaría la anhelada pieza, con un poco de suerte estaría de vuelta en casa mucho antes de que concluyera el plazo de cinco días que había solicitado.

Llegó a Usaquén antes de las ocho y, en medio de una tenue lluvia, recorrió los alrededores del bar tratando de trazar un plan en caso de que las cosas llegaran a complicarse, finalmente entró al Rotterdam y como lo había hecho la noche del incidente con el hombre de Scheimer, se acomodó en la barra, aunque esta vez pidió *whiskey* sin hielo. A pesar de la hora, el lugar estaba repleto, eso solo sucedía hasta pasadas las nueve, con excepción de los días en los que, como en aquella ocasión, había una presentación en vivo. El espectáculo musical estaba a cargo de una banda conformada por tres jóvenes que cantaban canciones de los setenta y ochenta. Cuando interpretaban su versión de *Passenger* de Iggy Pop, un hombre se sentó junto al Librero.

—¿Señor Andracchio? —Preguntó en un tono casi imperceptible, después de pedir una cerveza.

—Usted debe ser el recomendado del señor Marroquín.

—Mi nombre es Antonio Badrán.

—Este no parece el mejor lugar para hablar de negocios.

—Pero lo es, lo que ocurre a la vista de todos suele pasar inadvertido, nadie se fijaría en un par de amigos que toman una copa en la barra de un bar.

—Puede ser. Me han dicho que tal vez podría tener algo muy cercano a lo que estoy buscando.

—¿Qué está usted buscando?

—Soy un gran aficionado al arte y quisiera llevarme un recuerdo de mi estancia en este país.

—¿Cuánto estaría dispuesto a pagar?

—Si su mercancía vale la pena, lo necesario. Ahora dígame ¿Qué es lo que podría ofrecerme?

Badrán permaneció en silencio durante algunos segundos, como analizando con detenimiento lo que debía decir a continuación. Finalmente, y después de mirar a su alrededor, sacó del bolsillo de su impermeable una foto y la puso sobre la barra, sin apartar su mano de ella.

—Esta es mi más reciente adquisición, es una verdadera joya, seguro que será de su agrado —dijo liberando la fotografía cuando comprobó que el italiano estaba listo para tomarla.

—Tiene usted razón ¡Es magnífica! —Dijo Padovano con una amplia sonrisa victoriosa en su rostro, al reconocer en la imagen la descripción exacta del Max Pechstein que había sido robado de la casa de Scheimer.

—Debe saber que yo solo ofrezco lo mejor.

—¿Cuándo podría verla?

—Preferiría que estableciéramos primero una cifra, cuando hayamos llegado a un acuerdo estaría encantado de mostrarle el cuadro para que pueda comprobar su autenticidad —dijo Badrán apoderándose de la foto y guardándola de nuevo en su chaqueta.

—¿Cuál es el precio?

—Treinta mil dólares.

—Es un poco cara.

—Por favor, señor Andracchio, ambos sabemos que vale mucho más que eso, es una obra maestra, no podrá encontrar algo así tan fácilmente. De cualquier forma, estoy dispuesto a escuchar su oferta.

—Debo reconocer que me interesa mucho la pintura, pero solo estaría en condiciones de pagar veinte mil dólares por ella.

—Es una rebaja considerable.

—Es todo lo que puedo ofrecer.

—De acuerdo, no quiero que se lleve una mala impresión, espero que podamos hacer otros negocios en el futuro —dijo Badrán, satisfecho por alcanzar esa cifra, que era más del doble de lo que esperaba obtener.

—Cuente con eso.

—En ese caso, mañana mismo podríamos reunirnos de nuevo para discutir los detalles.

—Preferiría que cerráramos el trato esta misma noche, mi presencia en Bogotá obedece estrictamente a asuntos profesionales, es probable que mañana mismo tenga que regresar a casa y no quisiera perder esta oportunidad. Si no tiene inconveniente, me gustaría ver el cuadro ahora y, si es auténtico, mañana temprano usted tendrá su dinero y yo mi recuerdo de este país.

—Es un poco precipitado, no acostumbro a hacer los negocios de esa manera, pero haré una excepción, dado su interés.

—Entonces ¿Qué estamos esperando? —Dijo el Librero, tras pagar el valor de la consumición.

Segundos después salieron del bar por la puerta trasera y en medio de una lluvia cada vez más fuerte, atravesaron un oscuro callejón para abordar un Mazda 323 blanco en el que se dirigieron a una bodega ubicada en la zona industrial, a la que accedieron por una pesada puerta que se cerró tras ellos. Cuando se encendieron las luces se pudo apreciar una especie de taller mecánico que parecía estar abandonado desde hacía un buen tiempo.

—Tendrá que disculpar el desorden, señor Andracchio, no he tenido oportunidad de hacer la limpieza y no esperaba tener visitas esta noche —dijo mientras sacudía una destartalada mesa de madera, la cubría con un plástico y le ofrecía un asiento al Librero.

—Descuide, estoy aquí para hacer negocios, no para juzgar la decoración del lugar —respondió el italiano entre sonrisas.

—Será mejor que espere aquí —advirtió Badrán mientas se dirigía a una especie de oficina cerrada con llave, que estaba a un costado de la entrada de la bodega.

Padovano aprovecho la ocasión para examinar el lugar y, tras comprobar que nadie lo observaba, tomó una llave alargada en forma de «L» y la guardó en su chaqueta, debieron pasar algunos minutos más antes de que Badrán regresara a la bodega con la misma funda de cuero con la que había estado en la galería de Eva.

—Aquí la tiene usted ¿No es una belleza? —dijo el vendedor orgulloso de su mercancía, mientras que con sumo cuidado extendía la pintura sobre la mesa que había preparado minutos atrás.

—Sí que lo es, nunca pensé tener en mis manos un verdadero Pechstein —contestó el italiano con los ojos fijos en el contraste de luces y sombras del colorido paisaje de las Islas Palau.

—Ya pudo usted comprobar la calidad de esta pieza, ahora podremos seguir con nuestro trato según lo pactado.

Badrán dobló la tela y la guardó ceremonialmente en el estuche, dándole al Librero el tiempo suficiente para que empuñara la herramienta que había guardado y le propinara un fuerte golpe en su pierna derecha, que le hizo caer al suelo, desde donde en medio de maldiciones y muestras de dolor, trató de sacar un revolver calibre 32 para defenderse, pero un nuevo impacto alejó el arma de su alcance y lo dejó a merced del atacante.

—Lamento decirle que no podremos continuar con los términos de la negociación, ahora permítame informarle de las nuevas condiciones, seguro que todavía podremos llegar a un acuerdo favorable para los dos.

—¿Qué demonios quiere? —Preguntó Badrán aturdido y dolorido.

—Muy sencillo, quiero que me diga qué hizo con el otro cuadro que robó de la casa del señor Scheimer, a cambio yo le permitiré conservar su miserable existencia.

—No sé de qué me está hablando.

—Vamos, será mejor que me diga la verdad o descubrirá que no soy un hombre muy paciente —dijo Padovano después de lanzar otro golpe.

—Está bien, se lo vendí a un extranjero, era español y ya debió abandonar el país, es todo lo que sé sobre él.

—Me parece que no ha entendido la gravedad del asunto, le recuerdo que su vida depende de lo satisfactorias que puedan resultar sus respuestas, tendrá que hacer un mayor esfuerzo —dijo antes de volver a impactar con todas sus fuerzas sobre el maltrecho cuerpo de Badrán.

—Le diré todo, pero no me haga más daño.

A continuación, relató con todo lujo de detalles la transacción que había realizado con Eva y rindió un completo informe sobre ella y su galería.

—Lo ha hecho usted muy bien —dijo el Librero cuando su curiosidad estuvo saciada y antes de que Badrán pudiera reincorporarse, le asestó un fuerte golpe en la cabeza, causándole una herida mortal.

Durante los siguientes minutos se dedicó con sorprendente minuciosidad a borrar cualquier evidencia de su presencia en aquel lugar,
cuando terminó su trabajo tomó la funda de cuero y se marchó. Caminó durante algunos minutos y tras deshacerse del arma homicida
en una desolada calle, tomó un taxi para regresar al hotel mientras
planeaba su siguiente movimiento.

CAPÍTULO 17

El segundo encuentro entre Emma Brunt y Eduardo Krugman se llevó a cabo en el mismo escenario en el que se habían citado apenas veinticuatro horas atrás, se trataba del restaurante El Mirador, en el último piso del edificio Embajador, que estaba ubicado en la esquina de la Carrera Décima y la Calle 28; el lugar era espacioso y poco iluminado, por lo que resultaba perfecto para sus planes, pasadas las doce del día estaba casi vacío, eso les daba por lo menos una hora de privacidad antes de que los oficinistas de la zona poblaran el salón.

—No me queda ninguna duda, Serrano está mintiendo, sabe más de lo que pretendía hacerme creer, sin embargo, es probable que sea cierto que jamás haya visto la pintura. Tal vez la mujer con la que se encontró después de nuestra entrevista tenga algo que ver con su interés en la obra —dijo Krugman después de relatar los pormenores de su visita al anciano.

—¿Entonces crees que la mujer de la galería también puede estar involucrada en el caso? —Dijo Emma, abandonando el tono formal que había predominado en su primera conversación.

—Es posible.

—¿Tienes algo sobre ella?

—No mucho, su nombre es Eva Calderón, es dueña de la galería, la heredó de sus padres que murieron en un accidente de tráfico. Es una coleccionista y conocedora de arte con cierto prestigio en la ciudad, Serrano ha sido amigo de su familia durante varios años, no parece haber nada extraño.

—¿Alguna posible relación con Scheimer o el cuadro?

—Ninguna ¿Qué debemos hacer al respecto?

—Aún no tenemos nada concreto contra ellos, lo único que podemos hacer es seguir vigilando, por ahora me interesa más la información sobre Scheimer ¿Qué pudiste averiguar sobre él?

—Creí que nunca lo preguntarías, seguro que te va a gustar lo que encontré, pero tal vez sea mejor que lo compruebes tú misma —dijo sonriendo mientras deslizaba por la mesa un sobre de papel que contenía el expediente de Martin Scheimer, con información similar a la que el Librero había obtenido a su llegada al país.

Emma leyó el informe y una vez más sintió que algo se encendía en su interior. La fecha de nacimiento, el pasado desconocido en Austria, la estancia en Italia, el pasaporte expedido por la Cruz Roja, la presencia en Argentina, Bolivia y Perú, su inexplicable fortuna, cada dato parecía convencerla de la verdadera identidad de Scheimer, siempre había defendido la causa familiar con determinación, aunque en ocasiones había llegado a considerarla ya perdida. Pero ahora aquel fantasma se materializaba ante sus ojos y aunque todavía no podía tener la certeza absoluta, por primera vez podía ver al banquero de Salzburgo como un hombre de carne y hueso.

—Buen trabajo, Eduardo —dijo tratando de ocultar sus emociones, mientras guardaba las hojas de papel en el sobre.

—Ahí encontrarás también los datos acerca de sus hábitos y su seguridad. Es un hombre poderoso, no será fácil acercarse.

—No esperaba que lo fuera.

—Hay algo más, parece que no somos los únicos interesados en este asunto, alguien más ha estado preguntando sobre Scheimer y el cuadro.

—¿De quién se trata?

—Un italiano, pero no pude encontrar nada sobre él.

—Entonces también debemos seguir su pista.

—¿Qué harás ahora?

—Seguir trabajando.

—¿No pensarás ir tras Scheimer sin tener un plan?

—Tal vez lo haga.

—No creo que sea una buena idea.

— Lo sé, pero no puedo quedarme con los brazos cruzados.

—No te pido que lo hagas, pero será mejor que analicemos bien las cosas antes de actuar, cualquier equivocación podría arruinarlo todo, si Scheimer sospecha algo estaremos perdidos.

—No tienes nada de qué preocuparte, seré cuidadosa, no haré nada que ponga en peligro la operación.

Krugman se marchó poco después. Mientras, ella permaneció en el restaurante hasta que el lugar estuvo colmado por una multitud de hombres y mujeres con atuendos formales.

Durante las siguientes horas, Emma estudió el resto del contenido del expediente para confirmar que, tal y como lo había dicho Krugman, llegar a su presa no sería una tarea sencilla, siempre estaba en compañía de su hombre de confianza y de un guardaespaldas, no era posible verlo en espacios abiertos que pudieran representar algún peligro para su seguridad, el informe también incluía algunas fotos de su residencia en los Cerros Orientales, a la que tampoco resultaría fácil acceder.

Después de analizar toda la información disponible concluyó que solo había un punto débil en el protocolo de seguridad del austriaco, quien a diario acudía a un café, en un exclusivo sector. Ahí permanecía cerca de una hora después de dejar su oficina. Esa era la única oportunidad que tendría para acercarse a él.

CAPÍTULO 18

No fue una decisión fácil confiarle todos mis bienes a un extraño, pero después de analizarlo durante mucho tiempo, tuve que aceptar que a pesar del riesgo que esto representaba, aquella era la única posibilidad de conservar parte de nuestro patrimonio familiar. Tras muchos intentos pudimos reunirnos con el banquero de Salzburgo, no resulta una tarea sencilla movilizarse por el país en estos días, pero por fortuna Joseph conoce a las personas indicadas.

Después de una breve espera en una salita pequeña y ordenada a pesar de estar repleta de expedientes, una secretaria nos hizo pasar a la oficina de Franz Riegler, que se encontraba revisando unos documentos. Era alto y fornido, con la apariencia de un atleta, vestía traje y corbata marrón y una camisa *beige*. No pudimos ocultar nuestra sorpresa al descubrir que era mucho más joven de lo que habíamos imaginado, e incluso llegamos a pensar que se trataba de algún error.

La entrevista duró poco más de una hora, tiempo suficiente para que aquel hombre lleno de vitalidad disipara nuestras dudas. Sin mayores preámbulos nos explicó en detalle la forma en la que operaba su banco y el precio de sus servicios. Luego se encargó él mismo de redactar el contrato de custodia de bienes, con todas las garantías posibles para el futuro restablecimiento de nuestras propiedades, no sin antes asegurarnos la confidencialidad de nuestro acuerdo y ofrecernos su ayuda para regresar a casa. Las palabras de Riegler lograron devolvernos la confianza. No era de extrañar que muchas personas en nuestra misma posición acudieran a él.

Durante los siguientes minutos habló con gran propiedad acerca de política internacional y economía y se mostró abiertamente en contra de los métodos violentos del Partido Nacional Socialista, hasta que nos despedimos a la espera de la formalización de nuestro vínculo. Joseph y yo emprendimos el camino de vuelta a Viena con la esperanza de encontrar una salida en medio de tanta adversidad.

★★★

Desde que recibió la nueva información sobre Scheimer, aquel pasaje del diario de su abuelo había estado dando vueltas en la cabeza de Emma, por lo que la misma tarde del encuentro con Krugman e ignorando sus recomendaciones, decidió visitar el café mencionado en el informe sin saber muy bien lo que haría cuando estuviera ahí.

Al llegar se encontró con un lugar sencillo pero elegante y acogedor, los pisos eran relucientes y la decoración discreta. Cuando la luz natural que se filtraba a través de los enormes paneles del techo empezó a dar paso a la oscuridad de la noche, se encendieron unas espléndidas lámparas antiguas. Un breve recorrido por el lugar le permitió localizar a su hombre y sin perder tiempo encontró una mesa desde la que podría observarlo sin ser advertida. Un camarero con atuendo impecable y ensayados modales se acercó para tomar su pedido, que consistió en café y galletas, luego Emma sacó una revista de su bolso y se escondió detrás de ella para poder estudiar los movimientos de su objetivo.

Scheimer se encontraba solo en una mesa pequeña debajo de una de las lámparas, ojeaba un periódico mientras comía una tarta de arándanos que acompañaba con una taza de té, era atendido con reverencia por los empleados del restaurante y con frecuencia algunas personas se acercaban a su mesa para ofrecerle sus respetos, como si se tratara de una celebridad.

Emma se había preparado toda su vida para aquel momento, pero pronto descubrió que la conmoción que había experimentado al ver la fotografía del austriaco no había sido nada en comparación con la terrible sensación que la estremeció al ver a pocos metros a aquel hombre imponente, altivo y en cierta forma atractivo, que irradiaba seguridad y admiración, y que para ella no era más que el monstruo que había entregado a su abuelo a los nazis y después le había robado su fortuna, quien también había condicionado la vida de su madre e incluso la suya. Sintió unos deseos incontenibles de arremeter contra él y enterrarle un tenedor en la garganta. La idea de ser incapaz de hacerle pagar por sus crímenes la llenó de miedo y entonces recordó las palabras de Mosnian, después de todo su amigo había tenido la razón, hasta ese día su actuación en esta búsqueda se había limitado a una serie de investigaciones, viajes alrededor del mundo y a la gestión diplomática; sin embargo, ahora todo sería diferente, su vida estaría en riesgo, tenía que estar dis-puesta a mentir, a infringir la ley e incluso a matar.

Cerca de allí, en otra mesa, pudo reconocer a Adolfo Manrique, la mano derecha del empresario, quien en persona parecía más peli-groso que en la foto del expediente y que permanentemente recorría el salón con la mirada en busca de cualquier amenaza en compañía de un sujeto con aspecto de guardaespaldas. Pasadas las siete de la noche, este último se encargó de asegurar la salida para que Scheimer pudiera abandonar el salón sin contratiempos.

Tras el primer encuentro, Emma acudió puntual al café al día siguiente, solo para constatar como se repetía la misma escena. Al tercer día decidió establecer contacto con su objetivo, esa tarde dejó su cómoda y segura posición en un rincón del salón, para ubicarse justo al frente del banquero. Para asegurarse de llamar su atención abandonó los atuendos deportivos que había lucido desde su llegada a Bogotá, en esta ocasión llevaba una larga peluca rubia, y un vestido negro que se ajustaba con total naturalidad a su delgada figura.

Después de unos minutos se armó de valor para dirigir su mirada al austriaco, quien se encontraba ejecutando su ritual de cada día. No fue necesario mucho tiempo para que se percatara de su presencia, Manrique también lo hizo. Ella, que llevaba un libro de arte, se escudó tras él y cada vez que sus ojos se cruzaban con los del anciano, le dirigía una sonrisa que le producía náuseas; después de veinte minutos, el mismo camarero acartonado de su primera visita le informó que el señor Scheimer estaría complacido de poder contar con su compañía en su mesa. Ella dudó un momento antes de aceptar la invitación, pero finalmente se dirigió hacia donde se encontraba el anciano, todo esto ante la atenta vigilancia de Manrique.

—Espero que no la haya ofendido mi invitación —dijo con refinados modales cuando Emma se acercó.

—Absolutamente, aunque debo confesar que estoy un poco sorprendida —contestó ella entre sonrisas.

—Permítame presentarme, mi nombre es Martin Scheimer.

—Emma Gibbons, encantada.

—¿Americana?

—Supongo que es muy evidente.

—¿Y qué la trae a este país?

—Estoy recorriendo América del Sur, me dijeron que este sería el mejor lugar para empezar y veo que tenían razón.

—Ya lo creo, esta ciudad puede llegar a ser encantadora.

—¿Alemán?

—Austriaco.

—Habla usted un magnífico español.

—Casi tan bueno como el suyo. Veo que es aficionada al arte precolombino —dijo señalando el libro que Emma llevaba consigo.

—Soy estudiante de arte, esperaba poder aprender algo sobre las manifestaciones artísticas nativas, pero debo reconocer que hasta ahora he fracasado en mi intento.

—Es probable que no se haya relacionado con las personas adecuadas.

—Tal vez usted pueda ayudarme a hacerlo.

—Estoy a su disposición.

—¿Así que es usted un experto?

—De ninguna manera, solo he permanecido aquí el tiempo suficiente como para tener algunos contactos.

—Me gustaría hacer algunas adquisiciones durante mi estancia en Bogotá, tal vez podría aconsejarme al respecto.

—Estaré encantado de hacerlo, señorita Gibbons.

—Espero que no le ocasione ninguna molestia.

—No es nada, conozco a algunas personas de confianza que podrán ayudarnos. En el mundo del arte hay muchos comerciantes carentes de escrúpulos y es mejor mantenerlos alejados.

—Es muy amable, señor Scheimer, pero aún no sé nada de usted ¿A qué se dedica?

—Me temo que soy un aburrido hombre de negocios, no hay mucho en mi vida que sea digno de mencionar.

—No lo creo.

—Por desgracia es así, me he pasado la vida tras un escritorio —dijo como disculpándose.

—Tal vez en otra ocasión lo convenza de contarme alguna anécdota.

—Me encantaría, ahora si me disculpa debo marcharme, he dis-
frutado mucho de su compañía, espero volver a verla pronto—dijo
sosteniendo su mano.

—Yo también lo espero, ha sido un placer —dijo ella, estremecida
por el contacto con su piel.

Al cabo de unos minutos Emma también abandonó el café tratando de conservar la calma, las piernas le temblaban y cuando se
había alejado lo suficiente como para no ser vista por nadie, rompió
en llanto de ira y dolor, se sentía mareada por la repulsión que le
provocaba haber compartido la mesa con el verdugo de su familia,
haber tenido que soportar su sonrisa amable y sus finas maneras.

CAPÍTULO 19

La certeza de estar muy cerca de la solución del caso permitió al Librero tomarse las cosas con más calma, no quería cometer ningún error así que decidió trazar su plan sin prisas. Su primera medida fue recorrer el barrio de La Candelaria, durante su periplo pudo comprobar con satisfacción que Scheimer había cumplido con su promesa de permitirle trabajar con libertad, o por lo menos había encargado a alguien más competente para que lo siguiera. Lo cierto era que durante las últimas cuarenta y ocho horas no había advertido a nadie sobre sus pasos y por primera vez desde su llegada a Bogotá empezaba a sentirse cómodo.

Durante varios minutos observó la pintoresca fachada de la Galería Verde Oliva; nada impresionante, pensó. No tendría mayores dificultades para entrar por alguna de las ventanas del segundo piso, una vez dentro no le resultaría muy difícil requisarlo todo y hacerse con el botín, luego buscaría la forma de deshacerse de Eva Calderón antes de que pudiera abrir la boca. Sin embargo, aquello representaría un mayor esfuerzo que solo lograría dilatar sus planes. Las palabras de Scheimer habían sido muy claras, sin testigos. Silenciar a la mujer era tan importante como obtener el cuadro y Padovano esperaba hacer las dos cosas de la forma más sencilla posible, pronto pudo comprobar que el mejor lugar para eso sería la galería, adonde por fin se animó a entrar después de su inspección inicial.

—¿Puedo ayudarle en algo, señor? —Preguntó Eva al Librero, que observaba con atención una alargada estantería de madera envejecida en la que sobresalía un antiguo reloj de pared tipo *Morez* que, según una etiqueta de cartón que se encontraba junto a él, había sido fabricado en Francia durante la primera década del Siglo xx. Su estructura era muy sencilla y llamativa, de la cajita de bronce ubicada en la parte superior, en la que figuraban los números romanos del uno al doce, pendían dos pesas decorativas y el escueto péndulo en forma de gong.

—Su ayuda será de gran utilidad, pues me encuentro en un pequeño aprieto, estoy tratando de encontrar el regalo adecuado para mi esposa, a ella le encantan las antigüedades y el arte, es una gran conocedora, pero yo debo admitir que no sé nada acerca de estos temas, lo mío son los libros —contesto él, recurriendo de nuevo a su acento italiano.

—Ese reloj sería una excelente elección, aunque tal vez prefiera darle un vistazo al lugar antes de tomar una decisión. Mi nombre es Eva, estaré a su disposición para lo que necesite.

—Es usted muy amable, le avisaré cuando esté listo —respondió complacido ante la posibilidad de hacer el reconocimiento a placer, sin levantar sospechas.

Durante casi una hora detalló todos los pasillos de la galería, tomando atenta nota de su distribución; cuando estuvo conforme con los resultados, Padovano se decidió por una pintura llamada *El flautista,* que estaba expuesta en la sala principal. El cuadro no debía superar los cincuenta centímetros de largo, se trataba de un hombre de hojalata de color púrpura que tocaba la flauta en un parque mientras recogía unas cuantas monedas en un sombrero del mismo color.

Eva advirtió satisfecha su elección, pues se trataba de una de sus obras; luego, lo condujo hasta su oficina donde completaron la transacción, el italiano pagó en efectivo los doscientos mil pesos del valor de la pieza, sabía que aquella era una cifra insignificante para completar su inspección.

—Le aseguro que su esposa estará feliz —dijo Eva mientras le entregaba el cuadro que ella misma se había encargado de envolver.

—Muchas gracias, ha sido usted de gran ayuda, seguro que le gustará —dijo él mientras se alejaba.

Cuando se marchó de la galería la noche ya caía sobre Bogotá, pronto sería la hora de cerrar, así que decidió continuar con su exploración desde un restaurante que se encontraba en la calle de enfrente, desde ahí, mientras consumía un plato ligero consistente en carne y vegetales acompañados con vino, pudo observar como poco a poco el lugar empezaba a desocuparse, hasta que solo quedaron los empleados, que uno a uno se despidieron, no sin antes dejar cerrado el establecimiento. Eva permaneció ahí cerca de cuarenta minutos más y después salió por una de las puertas laterales, se dirigió caminado al aparcamiento en el que había dejado su auto, en un edificio que estaba a tres calles de distancia y, después de algunos segundos, se marchó a bordo de un Volkswagen Golf rojo.

A pesar de la hora, aquella calle era bastante transitada debido a la presencia de dos bares de universitarios a unos cuantos metros del restaurante; sin embargo, mientras terminaba una botella de vino tinto, pudo comprobar que por la noche aquellos tres locales eran los únicos abiertos en el sector y que, debido a la escasa iluminación y a las grandes cantidades de alcohol que se consumían en estos lugares, ninguno de los presentes podría dar fe de lo que ocurriera en la Galería Verde Oliva, por lo que no tendría problemas para entrar o salir de allí sin ser visto. Incluso así había considerado más conveniente la posibilidad de arreglárselas para permanecer en la antigua casa colonial después de que todos se hubieran marchado, eso le permitiría ajustar cuentas con Eva Calderón.

Ya tendría tiempo suficiente para definir los detalles, de momento la larga jornada de trabajo y el vino empezaban a hacer mella en él, por lo que decidió abandonar la misión hasta el día siguiente.

CAPÍTULO 20

Emma Brunt tuvo una infancia feliz, aunque no muy corriente, desde los primeros años su vida se vio siempre acompañada de los más estrictos dispositivos de seguridad y marcada por cortas estancias en su casa en Nueva York, alternadas con constantes viajes alrededor del mundo, que en algunas ocasiones obedecían a los compromisos de negocios de su padre y en otras tantas a los vínculos de su madre con diferentes organizaciones internacionales que luchaban contra el antisemitismo y en especial a la búsqueda personal de justicia de Irene Heumann Brunt. Causa que desde muy temprano abrazó como propia su hija, conocedora y orgullosa de sus orígenes, cuyo compromiso se vio reafirmado después de la muerte de su abuelo, cuando apenas era una niña.

Durante los últimos años Emma había dedicado sus esfuerzos de manera exclusiva a la búsqueda del banquero de Salzburgo, descuidando incluso su vida personal. Acechada siempre por el temor de ser incapaz de continuar la labor de sus predecesores, había ido sumando fracasos en su búsqueda. Sin embargo, en los últimos días todo había cambiado, por primera vez desde que podía recordarlo, existía una posibilidad real de dar con el paradero del austriaco, y fue solo animada por esa idea por lo que pudo reunir fuerzas para acudir de nuevo al encuentro de Scheimer.

A pesar de seguir sintiendo la misma repulsión por él, había hecho un gran esfuerzo para que su actuación resultara convincente, lo que contribuyó para que la conversación fuera mucho más natural, cambiaron el té por una copa de vino y hablaron sobre la ciudad y sus principales atractivos, sobre política y sobre arte. Él reiteró su ofrecimiento de asesorarla en su búsqueda, a lo que ella accedió gustosa, advirtiéndole que muy pronto tendría que recurrir a su ayuda, pues estaba a punto de cerrar un negocio que podría resultar interesante.

Antes de despedirse, Scheimer ordenó a su hombre de confianza, quien como siempre se encontraba vigilante en una mesa cercana, que le entregara a Emma una tarjeta con su número telefónico, para que pudiera comunicarse con él cuando necesitara sus servicios como experto en arte. Aquel era un privilegio que muy pocos tenían, fue eso lo que despertó la curiosidad de Manrique; si bien era cierto que el austriaco tenía una conocida debilidad por las mujeres jóvenes, también lo era que siempre había sido muy cuidadoso y desconfiado, en especial con los desconocidos que surgían de la nada, pero aquella encantadora joven estadounidense lo había cautivado y le había hecho bajar la guardia. Ya se había hecho demasiado viejo, pensó mientras abandonaban el café, luego volvió su mirada hacia Emma, tratando de adivinar qué misterio se ocultaba detrás de su repentina aparición.

Al día siguiente, ella se entrevistó una vez más con su contacto, pero ante la naturaleza de los asuntos que debían discutir, decidieron cambiar la comodidad del restaurante del centro internacional por un aislado banco de madera en el Parque Nacional. El sol de la mañana era radiante por lo que, a pesar de la brisa de agosto, la temperatura era bastante agradable. Eduardo Krugman, que había llegado a las once en punto, esperaba impaciente la llegada de Emma, que se produjo un cuarto de hora después.

—Acercarse a Scheimer fue un movimiento audaz pero demasiado arriesgado, tal vez más de lo conveniente, ante la menor sospecha te encontrarás en un grave peligro y la operación habrá fracasado —dijo Krugman con preocupación, justo después de la llegada de Emma.

—Era un riesgo que debía correr, ahora estoy segura de que se trata de él, además no creo que el anciano sospeche nada, aunque a ese sujeto Manrique parece inquietarle mi presencia

—Hará falta más que tu palabra para comprobar que se trata del mismo hombre que buscamos.

—Todos los datos concuerdan, además tenemos algunos registros de Riegler en Salzburgo, podremos contrastar sus huellas.

—Pero antes de iniciar un operativo debemos estar seguros de su identidad.

—Lo sé y eso solo podremos lograrlo encontrando el cuadro.

—Supongamos que logramos corroborar nuestras sospechas sobre Scheimer ¿Crees que en el centro estarán dispuestos a ayudarte?

—Ayer informé a Baloschen sobre nuestros avances, según él no tenemos muchas opciones, pues nuestro hombre tiene la ciudadanía colombiana y mientras esté en este país nos resultará casi imposible tocarlo. El nuevo gobierno no estará dispuesto a afrontar el escándalo que se generaría si permitiera la captura de Scheimer, eso sería devastador para su imagen.

—¿Si logramos llevarlo a otro lugar lo arrestarán?

—Solo si podemos demostrar plenamente que se trata de la persona que buscamos.

—¿Y cuál es el plan?

—Tendremos que encontrar la forma de persuadirlo para que abandone el país por su propia voluntad.

—Eso no va a suceder, a menos de que tengamos algo muy grande con lo que podamos negociar.

—Soy consciente de eso, así que es probable que solo nos quede la segunda opción, pero creo que no te va a gustar.

—¿De qué se trata?

—Secuestrarlo y sacarlo de Colombia.

—¿Estás loca? ¿Cómo vamos a lograrlo?

—Ahora que ya he hecho contacto con él, espero ganarme su confianza. Debo encontrar la forma de entrar en su casa, estando ahí tendremos que arreglárnoslas para actuar sin ser advertidos.

—¿Qué hay de la seguridad?

—Una vez dentro, Scheimer bajará la guardia; según la información que tenemos, Manrique abandona el lugar por la noche y regresa a las 6 de la mañana, salvo algún asunto extraordinario. Durante ese tiempo nuestro objetivo será más vulnerable y solo tendremos que librarnos de los dos hombres de la entrada y de un guardaespaldas para acceder a él.

—¿Y las cámaras?

—Si un ladrón pudo burlar sus dispositivos de seguridad, nosotros también podremos hacerlo.

—¿Cómo vamos a sacar al anciano de su casa sin que nadie lo note?

—No lo sé, supongo que tendrá que ser por el mismo lugar por el que entremos, debemos buscar la forma de hacerlo, tengo entendido que has participado en algunos operativos similares.

—Así es, pero con un equipo de respaldo y varios meses de planificación, de lo contrario sería una misión suicida.

—¿Me ayudarás o no? Aún estás a tiempo de salirte.

—Antes dime una cosa, ¿Estás segura de lo que estás haciendo?

—Lo estoy.

—Entonces lo haremos, aunque debes saber que será difícil, tendremos que planearlo muy bien, no podemos volver a cometer una imprudencia como la del café.

—Tienes mi palabra, ahora debemos pensar cómo lo sacaremos del país, lo demás correrá por mi cuenta.

—Primero tendremos que planear la incursión en casa de Scheimer, yo me haré cargo de eso, pero tal vez tengamos que reclutar a alguien más, yo podría encontrar una persona de confianza.

—Preferiría no involucrar a nadie más en esto, me temo que tendremos que hacerlo nosotros.

—Entonces debemos idear algo con lo que tenemos, en cuanto a nuestra salida del país, por ahora necesitaremos identificaciones, pasaportes y visados falsos, no podremos volar, así que tendremos que cruzar la frontera por tierra, en ese caso lo mejor será ir a Ecuador o Venezuela, también tendremos que encontrar una casa en un lugar seguro y un auto imposible de rastrear, preferiblemente muy espacioso, eso además de armas y todo el equipo de asalto necesario.

—¿Podrás encargarte?

—Eso no será problema.

—Ahora hablemos del cuadro ¿Hay algún avance al respecto?

—No mucho, aunque tal vez te interese saber que el italiano del que te había hablado ha estado merodeando por la misma galería a la que acudió Serrano después de nuestro encuentro.

—¿Tienes algo sobre él?

—Se llama Roberto Andracchio, llegó a Colombia hace una semana y al parecer en los últimos días se ha encargado de difundir el rumor de la existencia de un turista adinerado en busca de pinturas de dudosa procedencia. Y eso no es todo —agregó mientras le enseñaba a Emma una fotografía en la que se encontraba el italiano en compañía de Manrique en el vestíbulo del hotel.

—¿Crees que Scheimer ha podido contratarlo para encontrar la pintura?

—Es probable, en tal caso debemos evitar que lo haga antes que nosotros y debemos darnos prisa, pues parece llevarnos ventaja.

—Esta misma noche visitaremos a Eva Calderón, creo que va a tener que responder muchas preguntas.

CAPÍTULO 21

El último empleado en marcharse de la galería se despidió diez minutos después de las ocho, como todas las noches y, a pesar de las constantes recomendaciones de Ángel Serrano, Eva había decidido permanecer después de la hora de cierre en su oficina, en donde se encontraba ordenando sus archivos cuando escuchó algunos ruidos provenientes de una pequeña cocina ubicada en la parte trasera de la casa. Aquello era algo frecuente en una construcción antigua, así que no le dio mayor importancia. Sin embargo, los extraños sonidos empezaron a hacerse cada vez más frecuentes, por lo que decidió ir a comprobar que todo estuviera en orden. Un rápido vistazo por todo el lugar le devolvió la tranquilidad y luego se dirigió de nuevo a su escritorio en donde continuó con el trabajo que había iniciado.

Cuando terminó de clasificar el último documento, se encontró lista para marcharse, solo entonces apartó la mirada de su escritorio y descubrió que no estaba sola. Quedó paralizada y sintió como si la sangre se helara dentro de su cuerpo al ver frente a ella la figura de un hombre que la observaba en silencio. Intentó en vano sofocar un grito de horror, que retumbó como un chillido animal por toda la habitación.

El inesperado visitante era el Librero quien, después de analizar el asunto con detenimiento, había decidido que lo mejor sería acceder a la galería por la noche, cuando todos se hubieran ido. En su inspección del día anterior había podido establecer que con la excepción de la sala en la que se exhibían los objetos más valiosos, el lugar estaba poco protegido.

—Buenas noches, señorita Calderón, lamento haberla asustado, espero que se acuerde de mí —Dijo Padovano, acercándose al escritorio de Eva con una siniestra sonrisa en sus labios.

—¿Qué está haciendo usted aquí? ¿Cómo ha conseguido entrar? —Atinó a preguntar Eva, que pudo reconocer al sujeto que le había comprado una de sus obras el día anterior.

—Estoy aquí para atender un asunto pendiente, que como comprenderá, no era conveniente tratar en mi anterior visita. En cuanto a su segunda pregunta, creo que debería revisar su sistema de seguridad.

—Será mejor que se vaya o llamaré a la policía —dijo ella levantando el auricular del teléfono de su escritorio.

—Adelante, hágalo, pero no creo que esa sea una buena idea, a menos de que esté dispuesta a explicar a las autoridades los detalles de su relación comercial con el señor Antonio Badrán. Tal vez le convenga escuchar primero lo que tengo que decirle.

—Está bien ¿Qué es lo que quiere? —Dijo después de dejar el auricular en su sitio, las palabras del Librero habían logrado en ella el efecto deseado.

—El asunto es muy simple, usted tiene un objeto que no le pertenece y como podrá imaginarse, el verdadero dueño está muy interesado en recuperarlo, porque tiene un gran valor sentimental para él.

—No sé de qué está hablando.

—Vamos, señorita Calderón, le estoy dando la oportunidad de devolver la pintura sin meterse en problemas, mi cliente está dispuesto a olvidar el asunto, él no está interesado en involucrarse en un penoso escándalo, solo quiere recuperar lo que legítimamente le pertenece.

—Le aseguro que no comprendo lo que está tratando de decirme, me temo que todo esto se trata de una confusión.

—No lo haga más difícil, es su última oportunidad de entregarme el Klimt que Antonio Badrán le vendió la semana pasada, de lo contrario le aseguro que haré lo que sea para obtenerlo.

—De acuerdo ya he tenido suficiente, llamaré a la policía y usted podrá decirles lo que quiera.

—Escúcheme bien, voy a obtener la pintura de todos modos, aunque tenga que asesinarla con mis propias manos y revolver todo el lugar para hallarla —dijo él golpeando con fuerza la madera del escritorio.

—¿Cómo sé que no me hará daño si le entrego lo que desea?

—Le doy mi palabra.

—Eso no es mucho.

—Tendrá que confiar en mí, es todo lo que tiene.

—Está bien se lo entregaré, pero después me dejará en paz, cuando lo compré no sabía que se trataba de un cuadro robado.

—Puede contar con eso, pero le aconsejo que no trate de engañarme, o le aseguro que se arrepentirá.

Eva se dirigió despacio hacía el lugar en el que se encontraba su caja de seguridad, pero después de comprobar que el Librero había bajado la guardia, empezó a correr tratando de alcanzar la salida; su intento de escapar resultó inútil, pues el italiano pudo alcanzarla sin problemas en el patio interior en el que se encontraba la fuente, ahí la sujetó con fuerza y la llevó de nuevo a la oficina mientras ella trataba de liberarse sin poder lograrlo.

—Se lo advertí, ya no tendré más consideraciones, no quiero más trucos, va a entregarme lo que estoy buscando ahora mismo o pronto empezará a lamentarlo —dijo apuntándola con una pistola en la cabeza.

Ella no tuvo más remedio que acceder a sus demandas, cuando abrió la caja de seguridad, el italiano le propinó un fuerte golpe que la hizo caer al suelo y perder el conocimiento. Tras confirmar que se trataba de la tela correcta, Padovano, con una sonrisa triunfal, volvió a guardarla en el estuche en el que se encontraba. Su tarea en Bogotá había concluido de forma satisfactoria, aquella misma noche se reuniría con Scheimer y podría regresar a casa.

Luego, en el taller de Eva buscó por todas partes y cogió algunas botellas con productos químicos que, con seguridad, arderían al menor contacto con el fuego, regresó a la oficina, esparció su contenido por el lugar, encendió un cigarrillo y después de darle un par de caladas largas, lo dejo caer sobre el suelo, era cuestión de minutos para que todo quedara reducido a cenizas, nadie preguntaría, no habría testigos, tampoco una investigación, solo se trataría de un desafortunado accidente.

Cuando Padovano se disponía a salir con el cuadro, advirtió la presencia de alguien en la galería, sin pérdida de tiempo se agazapó tras la puerta y desde ahí pudo ver a un hombre armado que entraba en la habitación en la que se había iniciado el fuego y se acercaba a la mujer que yacía inconsciente; con un rápido movimiento, el italiano arremetió contra el recién llegado y después de un breve intercambio de golpes logró impactarlo en la cabeza con la culata de su pistola, por lo que le resultó fácil inmovilizarlo. Lo registró en busca de algún indicio de su identidad, pero el nombre Eduardo Krugman que figuraba en su identificación, no resultó muy significativo. Decidió que lo mejor sería que aquel desconocido corriera la misma suerte que Eva, en ese instante fue sorprendido por una mujer que había entrado sin que lo hubiera notado y le apuntaba con un arma, mientras las llamas empezaban a propagase y se hacía cada vez más difícil respirar.

—Aléjese de él y ponga las manos en donde pueda verlas —dijo Emma Brunt.

Luego se acercó a Krugman para comprobar que aún se encontraba con vida y después trató de tomar el estuche que durante la disputa había caído al suelo, dándole a su adversario el tiempo suficiente para atacarla. Ella trató de defenderse, pero el Librero logró hacerse con su arma y cuando se disponía a apretar el gatillo, un disparo estalló en la habitación y Stefano Padovano cayó muerto junto a ella, que en medio del humo pudo ver a Levi Mosnian.

—Date prisa, tenemos que salir de aquí —dijo Mosnian, mientras guardaba su arma y la ayudaba a levantarse y luego hacía lo mismo con Krugman

—¿Qué estás haciendo aquí, Levi?

—Alguien tenía que cuidarte la espalda.

—La mujer aún respira —dijo Emma.

—Lo siento, no podemos llevarla con nosotros, solo empeoraría la situación —respondió Mosnian.

—Tampoco podemos dejarla aquí, no somos asesinos —mientras decía esto Emma trataba de levantarla.

—De acuerdo, vendrá con nosotros, pero debemos deshacernos de ella lo antes posible —dijo al fin Mosnian. Luego cargó a Eva en sus brazos y los cuatro atravesaron las llamas para alcanzar la salida y marcharse, llevando el cuadro consigo. Entre tanto los primeros curiosos empezaban a acercarse a la galería y desde los edificios cercanos alertaban a los bomberos sobre el incendio.

CAPÍTULO 22

El insoportable dolor producido por la herida en su cabeza terminó por despertar a Eva Calderón pasada la media noche, el sabor a ceniza en su boca y un intenso olor a humo le provocaron náuseas, estaba en una silla, atada, amordazada y con los ojos vendados. Lo último que podía recordar con claridad era el fuerte brazo del Librero sujetándola, mientras el frio de su pistola se posaba sobre su nuca; luego todo se hacía nebuloso, su caja de seguridad abierta, el cuadro, las llamas, los gritos, la presencia de varias personas en la galería, eran solo imágenes borrosas en su mente. No sabía dónde se encontraba, ni cuánto tiempo había estado ahí, seguro que aún estaba en manos del italiano y una terrible sensación de terror e incertidumbre la estremeció al pensar en lo que haría aquel siniestro hombre con ella.

Después de rescatar a Eva del incendio, Krugman, Emma y Mosnian habían considerado la posibilidad de abandonarla en un lugar en el que pudiera encontrar ayuda, lo más probable era que no estuviera en condiciones de declarar nada acerca de lo sucedido. Sin embargo, de alguna manera había estado relacionada con la pintura y después del giro inesperado que habían dado las cosas, no podían correr riesgos innecesarios, por lo que decidieron llevarla consigo y tenerla como prisionera en el sótano de la casa que habían escogido como centro de operaciones y liberarla cuando todo hubiera terminado. Entre tanto ellos, en el piso de arriba, trataban de determinar el curso que debía seguir la misión después de los últimos acontecimientos.

—Tal vez debamos cancelarlo, todo lo que ha sucedido alertará a Scheimer y a sus hombres —dijo Krugman, sentado en un extremo de la habitación, que apenas estaba iluminada por una lámpara ubicada en una mesita de noche.

—Estamos muy cerca, no fue nada fácil establecer contacto con Scheimer. Si Emma desaparece ahora, será demasiado sospechoso —replicó Mosnian.

Desde el momento en el que se encontraron a salvo, Emma había estado observando el cuadro, estaba sorprendida por su belleza y ahora comprendía lo que habían experimentado su abuelo y todos aquellos que lo habían tenido en su poder.

—No podemos detenernos ahora, si el italiano trabajaba para Scheimer, pronto descubrirán que ha desaparecido, debemos hacerlo, pero tendrá que ser en las próximas veinticuatro horas —intervino Emma, apartando por primera vez los ojos de la pintura.

—Es una locura ¡Díselo, Levi!

—Quiero atrapar a ese sujeto tanto como tú, pero no podemos actuar de esa forma, tal vez debamos modificar el plan, esperaremos el momento adecuado y luego le pondremos las manos encima —dijo Mosnian.

—Si no lo hacemos ahora, tal vez no dispongamos de otra oportunidad, tenemos el cuadro y la posibilidad de acercarnos al banquero, conocemos todo sobre él, sé que podemos lograrlo.

—Si las cosas salen mal estaremos desprotegidos, seremos extranjeros tratando de secuestrar a un ciudadano colombiano, podríamos ir a prisión y te aseguro que el banquero se encargará de que no lleguemos a juicio ¿Estás dispuesta a correr ese riesgo? —Preguntó Mosnian.

—Claro que lo estoy, como tú mismo dijiste, Levi: mi operación, mis reglas, mi responsabilidad. La pregunta es: ¿Están ustedes dispuestos?

—Vamos, Emma, sabes que no te dejaría sola en esto, lo haré, después de todo tal vez tengamos posibilidades de lograrlo —contestó Mosnian con una sonrisa.

—¿Qué dices, Eduardo? —Preguntó una vez más Emma.

—De acuerdo, lo haré —dijo Krugman después de dudarlo un poco.

—Sabía que podía contar con ustedes. Esta tarde llamaré a Scheimer para pedirle que nos reunamos de nuevo, le diré que quiero mostrarle la pintura que compré y así podré entrar en su casa.

—Será mejor que no lo llames, es un tipo muy astuto y podría sospechar, tendrás que ir al café como lo has hecho en los últimos días y ahí tratar de convencerlo de ir a su casa —advirtió Mosnian.

—¿Y qué sucede si no acude esta noche?

—Tendremos que arriesgarnos, Emma. Y algo más, tendrás que ir desarmada, te registrarán cuando entres.

—No creo que sea conveniente que Emma vaya a casa de Scheimer, es demasiado arriesgado que esté desarmada en ese lugar, podemos buscar otra forma de entrar —dijo Krugman.

—Tendré que hacerlo, así el maldito ordenará a Manrique que nos deje solos y mantendrá a su guardaespaldas alejado, entonces todo será más fácil. Ahora continuemos con el plan.

—Los hombres de la entrada no serán problema, uno de ellos siempre está en la caseta de ingreso monitoreando las cámaras, mientras que el otro recorre periódicamente el perímetro —intervino Krugman.

—Entonces esperaremos a que estén separados para deshacernos de ellos ¿Hay alguna otra forma de entrar? —Preguntó Mosnian.

—La casa está rodeada por un muro de dos metros y medio de alto, que en la parte posterior se separa de un espeso bosque por una llanura de unos ochenta metros; si logramos cruzarla sin ser advertidos y luego librar el vallado, nos encontraremos con un jardín que conduce al interior de la casa. Una vez dentro tendremos que eliminar al guardaespaldas —explicó Krugman.

—¿Qué hay de los otros empleados y los vecinos? —Preguntó una vez más Mosnian.

—La única que permanece en la casa durante la noche es una mujer mayor que salvo alguna orden de Scheimer, no abandona su habitación hasta la mañana. En cuanto a los vecinos, están lo bastante alejados como para poder actuar sin ser detectados, no hay de qué preocuparse.

—Tendremos que crear una distracción. Cuando Manrique se marche de la casa, Eduardo se acercará en su auto preguntando al hombre de la entrada por una dirección, yo aprovecharé esto para eliminar al otro guardia y entrar por la parte de atrás, luego me desharé del guardaespaldas y daré la señal para que Eduardo haga su parte. Cuando tengamos a Scheimer saldremos por la puerta principal, así no despertaremos sospechas —concluyó Mosnian.

—Ahora debemos planear cómo salir del país —dijo Emma.

—Esta tarde tendré la documentación necesaria, no será difícil llegar a Cúcuta, ahí tendremos que idear algo para cruzar la frontera sin ser detectados —respondió Krugman, señalando en un mapa de Colombia que había desplegado sobre la mesa la ruta que debían recorrer.

—Necesitaremos una ambulancia, ropa y equipos médicos, también documentos originales de un hospital ¿Crees que podría estar listo para mañana cuando lleguemos a Cúcuta, Eduardo? —Preguntó Mosnian.

—Considéralo hecho.

—Emma, tendrás que asegurarte de convencer a Baloschen y a los miembros del servicio de enviar sus hombres a Venezuela —dijo Mosnian.

—Descuida, eso no será problema ¿Qué sucederá con la mujer de la galería?

—Cuando la encuentren ya estaremos muy lejos; de cualquier forma, no creo que pueda decir nada. Ahora repasemos una vez más todos los detalles, no podemos cometer errores.

CAPÍTULO 23

La tarde estaba nublada y las primeras gotas de lluvia golpeaban contra los paneles del techo del Café *Des Alpes*. Las hermosas lámparas antiguas se encendieron desde muy temprano y, a pesar de las condiciones del clima, el lugar estaba más concurrido y animado que de costumbre. En medio del ruido de decenas de voces y una suave música de fondo, Emma escuchaba con atención las historias de los viajes de Scheimer alrededor del mundo y con frecuencia sonreía por algún comentario inteligente del austriaco, que parecía estar de un humor excepcional.

La conversación los llevó por diversos temas, todos tratados con gran propiedad por Scheimer. Emma le anunció que pronto abandonaría el país y continuaría su recorrido en Perú, luego le solicitó su opinión sobre la pintura que había comprado algunos días atrás. Él accedió sin dudarlo y la invitó a su residencia con el pretexto de tratar el asunto con mayor tranquilidad.

Al cabo de algunos minutos abandonaron el café seguidos por Manrique, mientras que el guardaespaldas aguardaba junto al Mercedes negro sosteniendo una sombrilla. Ella no pudo evitar sentir un terrible escalofrío al ingresar al automóvil en compañía del banquero, aunque confirmó con satisfacción que su plan se había puesto en marcha sin contratiempos. En aquel momento no pensaba saborear su venganza disfrazada de búsqueda de justicia, solo esperaba que todo concluyera pronto.

El recorrido desde el café a la residencia del austriaco debería tardar unos veinte minutos, por lo que después de media hora de camino Emma empezó a impacientase, algo parecía andar mal.

—¿Está su casa muy alejada, señor Scheimer? —Pregunto mirando su reloj.

—Me temo, señorita, que se ha presentado un ligero cambio de planes. No iremos a mi casa —mientras el austriaco pronunciaba estas palabras, su apariencia pareció transformarse frente a ella, que descubrió con horror como el anciano de finos modales se convertía en el hombre joven, rubio y atlético que su abuelo había descrito en su diario.

—¿Qué está sucediendo? —Gritó aterrorizada.

—No tiene nada que temer, Señorita Brunt, pronto se reunirá con su abuelo —respondió Scheimer con una siniestra sonrisa, al tiempo que le cubría el rostro con una bolsa de tela y le arrebataba de las manos el estuche con el cuadro.

Lo siguiente que pudo recordar fue la figura del austriaco alejarse con la pintura; entre tanto ella, encadenada y vistiendo un uniforme de rayas blancas y negras, era arrastrada tras unas rejas oxidadas por dos soldados alemanes mientras gritaba y maldecía, pero nadie podía escucharla.

—¿Te encuentras bien? —Preguntó Mosnian que, alertado por sus gritos, había entrado en la habitación en la que Emma dormía.

—No te preocupes, estoy bien, fue solo un mal sueño —respondió ella secando las lágrimas de su rostro.

—Emma, sé que podemos lograrlo, pero aún estamos a tiempo de cancelarlo e intentarlo después.

—No, debemos continuar con el plan.

—¿Estarás bien?

—Lo estaré, ahora descansa un poco, yo montaré guardia —concluyó ella, que parecía haber recuperado la compostura.

Emma acudió al café de la Calle 67 más temprano de lo que lo había hecho los últimos días y se sentó en la mesa ubicada justo al frente de la que solía estar reservada para Scheimer, ahí se dispuso a esperarlo mientras tomaba un café y leía el diario, la prensa local reseñaba el incendio en una galería de arte en el centro histórico de la ciudad, producido al parecer por un accidente en la manipulación de algunos productos químicos. La noticia, sumada a la tardanza del austriaco y al recuerdo de la pesadilla que había tenido la noche anterior, habían acrecentado su nerviosismo.

Scheimer hizo su aparición un poco después de lo acostumbrado, pero como era de esperar, siguió rigurosamente los pasos del ritual que había practicado durante toda la semana, invitó a Emma a sentarse junto a él y ordenó una botella de vino, una vez más hablaron sobre temas sin importancia ante la mirada atenta y desconfiada de Manrique.

—Parece que voy a necesitar su opinión experta —dijo ella después de esperar el momento adecuado.

—¿Así que después de todo ha encontrado lo que estaba buscando?

—No es exactamente lo que esperaba, la pieza que he adquirido no tiene nada que ver con el arte precolombino, pero creo que ha sido un buen negocio, me sentiría honrada si me diera su opinión sobre ella.

—Estaré encantado de hacerlo —dijo dirigiendo su mirada al estuche de cuero que Emma llevaba consigo.

—Aunque preferiría enseñársela en un lugar más seguro.

—Si no le molesta podría invitarla a mi casa, ahí estaremos más tranquilos.

—Me parece una gran idea.

—Entonces, que no se hable más del asunto —concluyó, sonriendo.

Un cuarto de hora después se marcharon rumbo a la residencia de los cerros orientales, al llegar ahí se dirigieron a una sala pequeña, menos lujosa, pero más acogedora que el salón que había sido testigo de los encuentros con la policía y el Librero. Scheimer se ausentó durante algunos minutos, tiempo que fue aprovechado por el guardaespaldas, quien, siguiendo las instrucciones de Manrique, se encargó de registrar a Emma, tal y como Mosnian había anticipado. Por petición de ella, Krugman había encontrado la forma de esconder gas pimienta y un fino picahielos recortado por la mitad entre su maquillaje, lo que por fortuna pasó inadvertido durante la requisa.

A su regreso, el austriaco trajo consigo una bandeja con una botella de vino y dos copas, luego con un gesto ordenó a su guardaespaldas que se retirara y después indicó a Manrique que ya no lo necesitaría más esa noche; este después de dar algunas instrucciones a los guardias, abandonó la residencia a regañadientes.

Eduardo Krugman aguardaba atento en el auto, a dos calles de la casa y, al asegurarse de que Manrique se había marchado, entró en acción. Llevaba una gorra de béisbol y unas enormes gafas, esperó a que uno de los guardias iniciara su ronda y se dirigió a la entrada, ahí hizo sonar la bocina dos veces para darle la señal a Mosnian y llamar la atención del otro vigilante. Cuando bajó del auto y le preguntó por una dirección, pudo escuchar como el tercer hombre de seguridad, que observaba atento desde dentro, trataba de averiguar por el intercomunicador si todo estaba en orden.

Levi Mosnian permaneció escondido en el bosque que estaba en la parte posterior de la casa, esperó sesenta segundos después del sonido de las bocinas y cuando divisó la sombra del guardia que recorría los límites de la casa se abalanzó contra él, neutralizándolo con facilidad. Después atravesó el prado que lo separaba del muro, tan rápido como pudo, trepó el muro y se dirigió a la puerta que comunicaba el jardín con la cocina, en una operación que le costó cerca de dos minutos. No tuvo mayores dificultades para entrar y buscar su objetivo, siguiendo las instrucciones de Krugman pudo hallarlo sin problemas. El hombre encargado de la seguridad del interior aún seguía atento a lo que sucedía con el extraño de la entrada y cuando pudo advertir la presencia del intruso sacó su arma, pero fue demasiado tarde pues Mosnian le propinó varios golpes que lo dejaron fuera de combate. Acto seguido se acercó a una ventana con vistas al exterior y con una linterna indicó a su compañero que había llegado la hora de entrar en acción.

Al ver la luz proveniente del interior de la casa, Krugman introdujo sus manos en los bolsillos y sacó una jeringa con la que inoculó un sedante al guardia, que cayó inconsciente casi de inmediato, luego lo escondió tras la caseta y tuvo el camino libre para continuar.

Emma, que durante toda la noche había estado buscando las palabras perfectas para enfrentarse a Scheimer, también escuchó la bocina y comprendió que había llegado el momento justo para interpretar su papel.

—Creo que ahora si podré enseñarle la pintura de la que le había hablado —dijo sonriendo.

—Estoy ansioso por verla —respondió él.

Emma sacó el lienzo de la funda y se tomó su tiempo para apreciar la mirada horrorizada de Scheimer al ver la imagen del *Retrato de la mujer en primavera* extendida sobre la mesa de té.

—¿No es hermoso? Apuesto a que debe haber una historia muy interesante detrás de este cuadro —dijo ella sonriendo.

Scheimer no pudo articular palabra, sus ojos se nublaron y todos sus músculos parecían estar paralizados por la impresión.

—¿Qué le sucede? ¿Acaso no le gusta la pintura? —Continuó Emma.

—¿Quién es usted? ¿Qué es lo que quiere? —Atinó a preguntar el austriaco, saliendo del trance en el que se encontraba, mientras trataba de llamar a su guardaespaldas.

—Es probable que mi verdadero nombre no le resulte familiar, pero tal vez si le interese saber que he venido en representación de mi abuelo, Gabriel Heumann y de todas las personas que murieron por su culpa, estoy aquí para hacerle pagar por sus crímenes, señor Scheimer ¿O debo llamarlo Riegler?

Al escuchar ese nombre, el austriaco se desplomó sobre un sillón junto a la pintura; había pasado la mayor parte de su vida huyendo de sus pecados y casi cincuenta años después, finalmente lo habían alcanzado. En un acto de desesperación sacó un arma que trató de apuntar contra Emma, pero antes de que pudiera hacerlo, Mosnian le inyectó el mismo fármaco que había usado Krugman con el guardia y cuando estuvo inconsciente lo levantaron entre los dos y se dirigieron a la salida, allí encontraron a Eduardo con el auto en marcha listo para escapar.

Todo estaba funcionando según el plan que habían trazado, con un poco de suerte no descubrirían lo sucedido hasta la mañana siguiente, lo que les daría el tiempo suficiente para cruzar la frontera; sin embargo, cuando trataban de acomodar al anciano en el interior del vehículo, fueron sorprendidos por Manrique, quien descargó su arma contra el auto haciendo blanco en Krugman. Esto provocó la reacción de Mosnian, que respondió con un certero disparo en la cabeza de su adversario, que cayó muerto de inmediato. Entre los dos ayudaron a Krugman a reincorporarse y Emma tomó el volante, consciente de que este incidente pondría en alerta a las autoridades y dificultaría aún más su huida.

CAPÍTULO 24

A pesar del tiroteo en la residencia del banquero, Emma, Krugman y Mosnian trataron de seguir el plan de la manera más fiel posible, abandonaron el auto que habían usado durante la operación y abordaron una camioneta *Blazer* de color verde que habían preparado para salir de la ciudad por la Carretera Central del Norte, donde empezarían el recorrido de 589 kilómetros que los llevaría a Cúcuta.

Después de tres horas de viaje tuvieron que detenerse en una pequeña población, en donde Mosnian se encargó de atender la herida del brazo derecho de Krugman, que, por fortuna, no había sido grave. Decidieron descansar un poco antes de continuar, mientras Scheimer permanecía sedado.

Una hora después de reiniciar su camino y, a pesar del mal estado de la carretera en ese tramo, pudieron llegar al límite entre los departamentos de Boyacá y Santander. Durante la madrugada, una carretera angosta y poco transitada los llevó por un puñado de localidades que fueron quedando atrás, hasta que a las cuatro de la mañana se encontraron en Bucaramanga; allí Emma comenzó su segundo turno al volante mientras Mosnian descansaba.

Poco antes del mediodía atravesaron Mutiscua y luego Pamplona, aquellas fueron las últimas estaciones antes de llegar a Cúcuta, en donde se dirigieron a una casa que estaba ubicada a una calle de distancia del Parque Santander, allí pudieron descansar más aliviados.

Durante todo el viaje habían estado escuchando la radio a la espera de la noticia de la desaparición de Scheimer, pero esta solo se había hecho pública minutos después de las seis de la mañana, esto les había permitido pasar los controles de carretera sin ningún problema. A partir de ese momento empezaría el verdadero reto para ellos.

Mosnian fue por alimentos y luego al encuentro de los contactos encargados de conseguir la ambulancia y los demás elementos requeridos para cruzar la frontera, mientras que Krugman trataba de dormir a pesar del calor y la fiebre provocada por su herida. En otra habitación, Scheimer que durante el último tramo del viaje había estado despierto pero aturdido por el sedante, trataba de recuperar la compostura, adoptando de nuevo su actitud altiva y provocadora.

—Han logrado llegar bastante lejos, es una pena que todo su esfuerzo sea en vano, no podrán lograrlo, a esta hora debe haber un enorme operativo de búsqueda, no podrán salir de Colombia, me pregunto si le será posible cultivar su afición por el arte en prisión —dijo el austriaco en tono desafiante dirigiéndose a Emma, quien había sido encargada de su vigilancia.

—Me parece un poco exagerado, tal vez no se tomen tantas molestias para encontrar a un anciano decrépito. Es probable que todo este asunto me ocasione algunos problemas, pero estaré bien, en cambio puedo asegurarle que mañana mismo usted estará pudriéndose en una celda —respondió ella.

—Tienen una gran determinación, pero ya veremos quien ríe al final.

—Acéptelo *herr* Riegler, está perdido, toda la verdad sobre su identidad y la forma en la que obtuvo su fortuna saldrá a la luz pública ¿Creyó poder escapar por siempre de su pasado?

—No tengo nada de qué arrepentirme ¿Sabe? Recuerdo muy bien a su abuelo, el buen Gabriel Heumann, era un hombre muy inteligente, preocupado por su familia y sus empleados, ahora que lo pienso usted me lo recuerda un poco, es una pena que haya tenido que sufrir el horror de la guerra.

—¡No mencione su nombre, maldito infeliz! —gritó Emma enfurecida, había caído en la red tendida por el austriaco.

—Nunca tuve nada personal en contra de su abuelo, ni de ningún judío, tampoco estaba de acuerdo con esos dementes nazis, era solo una cuestión de negocios, siempre he sido un hombre práctico y lo único que hice fue aprovechar la situación para obtener un beneficio.

—Esta operación tampoco ha sido nada personal, aunque estoy segura de que si apretara el gatillo le haría un gran favor al mundo —dijo Emma apuntándole con un arma en la cabeza.

—Adelante, hágalo, pero no trate de ocultar su venganza personal detrás de la búsqueda del bien de la humanidad.

Emma había perdido por completo el control de la situación y por un momento sintió un incontenible deseo de acabar de una vez por todas con la existencia de Riegler, teniendo que hacer un gran esfuerzo para contenerse.

—¡Ha sido suficiente! —Gritó Krugman, entrando con dificultad en la habitación y tomando el arma de Emma— Aléjate de él, no le hables, no caigas en su juego, eso es lo que él espera.

—Solo trataba de ser amable —intervino sonriente Riegler.

—¡Usted cállese, hijo de perra! —Mientras decía esto, Krugman cubrió la boca del austriaco con cinta adhesiva.

Mosnian regresó una hora después, con comida para todos y varios diarios en los que se ampliaba la información sobre el caso del posible secuestro del empresario Martin Scheimer. La única pista era un retrato hablado no muy claro del hombre que había atacado a uno de los guardias y cuyos rasgos no se asemejaban demasiado a los de Krugman, debido a la oscuridad de la noche y al atuendo que había usado. Algunos de los testigos del café declararían sobre los encuentros del hombre de negocios con una joven mujer, pero solo podrían describir a una llamativa rubia.

Durante las horas siguientes durmieron por turnos y Mosnian se encargó de obligar a Riegler a que firmara un documento en el que asumía su verdadera identidad y aseguraba haber salido de Colombia por su propia voluntad para afrontar los cargos que se le imputaban. Después de las ocho de la noche se dirigieron a una bodega a las afueras de la ciudad en donde encontraron la ambulancia y todo lo necesario. Le suministraron otra dosis de sedante al austriaco y lo acomodaron en una camilla rodeado de un sofisticado equipo médico. Según el plan inicial, Krugman sería el paramédico encargado de conducir la ambulancia, pero como debido a su herida no estaba en condiciones de hacerlo, sería Mosnian quien representaría ese papel; no tendría problemas para llevarlo a cabo, pues hablaba un excelente español. Krugman sería entonces el doctor responsable del traslado del anciano mientras que Emma, cuyo acento era inocultable, sería una enfermera canadiense residente en Venezuela, contratada por la familia del paciente.

Por fin se encontraron rumbo a la frontera a las nueve; el tráfico en la Autopista Cúcuta — San Antonio de Táchira era bastante rápido pero aquella noche, debido a los operativos de búsqueda del empresario, se había hecho demasiado lento. Cuando llegó su turno, Mosnian, que estaba acostumbrado a esta clase de misiones, saludó con tranquilidad al policía encargado del retén, le enseñó su pasaporte colombiano y le indicó que se dirigían a una clínica de San Cristóbal, el uniformado le ordenó que abriera la parte de atrás de la ambulancia, ahí encontró a Krugman y Emma cubiertos con mascarillas, mientras revisaba sus pasaportes les ordenó que se descubrieran el rostro.

—¿Se siente usted bien? —Le preguntó a Eduardo, que estaba a punto de desmayarse a causa de la fiebre

—He tenido una jornada larga, oficial, tenga en cuenta que la vida de este hombre está en nuestras manos, solo podré descansar cuando se encuentre a salvo —contestó con un gran esfuerzo.

El policía pareció satisfecho con la explicación de Krugman, por lo que le devolvió su pasaporte, entonces dirigió su atención a Emma y durante varios segundos estudió su identificación canadiense.

—Aquí tiene, señorita Pierce. Necesito ver la identificación del paciente y la orden del hospital.

—Andrés Beck, ciudadano venezolano —leyó el oficial en voz alta cuando Krugman le enseñó los documentos del anciano —¿Qué le sucede a este hombre? —Preguntó.

—Sufrió un accidente cerebrovascular cuando se encontraba en un viaje de negocios, su familia ha ordenado que sea trasladado a San Cristóbal cuanto antes —respondió Krugman sin dudarlo.

Cuando el hombre comprobó que esa versión concordaba con los papeles oficiales del hospital, ordenó a uno de sus subordinados que revisara la ambulancia, no hubo nada que reseñar en la inspección y finalmente el policía les indicó que podían seguir.

Mosnian continuó conduciendo con normalidad y solo pudieron sentirse aliviados cuando cruzaron los trescientos metros de longitud del Puente Internacional Simón Bolívar y se encontraron en San Antonio de Táchira, en territorio venezolano. Pasaron sin ningún problema los controles de rigor y se dirigieron al lugar en donde estarían esperando los hombres de los servicios de inteligencia y del centro.

—Lo lograste, Emma —dijo Mosnian mientras se alejaban de la frontera.

—Lo hicimos, no hubiera sido posible sin ustedes.

—Cuando lleguemos a San Cristóbal tendrás que continuar sola, nadie debe enterarse de nuestra participación ¿Podrás hacerlo?

—Estaré bien ¿Qué sucederá con ustedes?

—No hay nada de qué preocuparse, sabemos muy bien cómo cuidarnos —respondió Krugman.

—No será fácil condenarlo, tal vez te metas en un lío por todo lo que hemos hecho —agregó Mosnian.

—Estoy preparada para las dificultades, el mundo entero sabrá la verdad acerca de Riegler y eso es lo que importa —dijo Emma mientras apretaba contra su pecho el estuche de cuero en el que se encontraba el cuadro que había pertenecido a su abuelo.

—Durante el resto del recorrido permanecieron en silencio, pocos kilómetros antes de llegar al punto de encuentro con los hombres de Baloschen, Krugman y Mosnian decidieron que había llegado el momento de desaparecer.

—¿Crees que valió la pena?

—Si tuviera que pasar por todo esto otra vez para lograrlo, no lo dudaría, lo haría cuantas veces fuera necesario, Levi.

—¿Y qué es lo que harás con la pintura? —Preguntó por fin Mosnian antes de marcharse.

—Todavía no lo sé —respondió con una sonrisa Emma, poniendo en marcha el motor.

CAPÍTULO 25

El revuelo causado por el secuestro de Martin Scheimer pronto fue desplazado por la increíble historia de su verdadera identidad y la cinematográfica operación que terminó con su detención por los crímenes cometidos durante la ocupación alemana en Austria, tema que ocupó las portadas de los diarios internacionales durante varios días.

El despliegue mediático dejó en un segundo plano lo que pudo convertirse en una crisis diplomática de desagradables consecuencias por lo que los gobiernos de Colombia y Venezuela consideraron flagrantes violaciones de su soberanía, sumada a la tibia defensa austriaca a uno de sus ciudadanos. Sin embargo, este episodio no pasó de ser un intrascendente cruce de desapasionadas protestas protocolarias que poco a poco fueron bajándole la temperatura a un conflicto cuyo verdadero peso no estaba dispuesto a asumir ninguno de los países involucrados.

Contrariamente a lo que sucedió con su captura, el proceso en contra de Riegler se desarrolló en medio de una absoluta reserva y no tuvo mayores sorpresas, a pesar de la hábil argumentación de su defensa y de las emotivas y provocadoras declaraciones, pronunciadas durante horas por el mismo acusado.

La previsible condena a prisión perpetua para el banquero se confirmó ocho meses después de su detención en Venezuela y fue aceptada con estoicismo casi marcial por parte del austriaco, quien mantuvo su habitual compostura desde el momento en el que se pronunció su sentencia hasta su fallecimiento en un penal de máxima seguridad en Jerusalén, a causa de una complicación renal, en 1997.

El caso Riegler se convirtió en un nuevo triunfo para el centro, para el Gobierno de Israel y en general para la lucha contra el antisemitismo. Jerusalén estuvo dispuesta a asumir toda la responsabilidad por la operación a cambio de una modesta petición de inmunidad y completo anonimato para los involucrados en la misma, cuyos pormenores y responsables jamás se dieron a conocer y hasta la fecha continúan siendo un secreto.

Emma siguió de cerca el proceso desde su casa de descanso en Aspen, Colorado, en donde se refugió a su regreso de Sudamérica, en parte por su propia seguridad, a la espera de que la marea bajara y en parte para hacer frente a esa desagradable sensación de vacío que la acechaba después de haber conseguido el objetivo al que tres generaciones de su familia habían consagrado su vida. En ese momento tuvo plena consciencia de que su lucha había ocupado todas sus energías y que, una vez conseguida la justicia para su abuelo, no sabía muy bien qué hacer con su vida.

Continuó repasando una y otra vez el diario de su abuelo, pero por primera vez pudo disfrutarlo y asumir su valor como una herencia maravillosa y no como un asunto pendiente que por momentos parecía imposible de resolver.

La contemplación del *Retrato de mujer en primavera* ocupó buena parte de su tiempo mientras permaneció en Aspen. Memorizó cada detalle durante horas y en no pocas ocasiones deseó ser aquella joven retratada por Klimt, ambicionó el desenfado de su mirada y temió nunca llegar a experimentar un estado de frescura y serenidad como el captado en la escena. Y fue la sensación producida por la hermosa pintura lo que reafirmó su voluntad de continuar con la causa, ya no con una motivación personal legada por su madre, sino con una plena convicción.

Desprenderse del cuadro no fue fácil para Emma, quien durante varios meses tuvo la intención de conservarlo en secreto, haciendo valer su condición de legítima heredera; sin embargo, terminó por aceptar que no sería justo que su belleza permaneciera oculta a los demás.

Tras un largo proceso de restauración, el Klimt se convirtió en la pieza central de la sala Gabriel Heumann del Museo de la Tolerancia de Nueva York, que fue inaugurada en honor a su abuelo en mayo de 1994, en donde aún hoy los visitantes pueden admirarla gracias a la donación de un benefactor anónimo.

Ismael Iriarte Ramírez

(Sincé, Colombia. 1981)

Es periodista experto en comunicación digital y apasionado por la lectura y la escritura. En la actualidad se desempeña como director de la revista literaria *Túnel de letras*, columnista de la revista *Nova et vetera* y forma parte del equipo de comunicaciones de la Universidad del Rosario de Bogotá.

Ganador del Concurso Nacional UNIAJC de Ciencia Ficción, Terror y Fantasía, con el relato *A quien pueda interesar* y finalista en el Premio Internacional de Novela Héctor Rojas Herazo y el Concurso Nacional de Novela y Cuento de la Cámara de Comercio de Medellín.

Conoce más sobre el autor en el sitio:

www.ismaeliriarteramirez.com